T0294291

En busca del río sagrado

Editorial Bambú es un sello
de Editorial Casals, SA

© 2005 Éditions Flammarion para el texto
y las ilustraciones.
© 2008, Editorial Casals, SA
Tel.: 902 107 007
editorialbambu.com
bambulector.com

Título original: *À la recherche du fleuve sacré.*
Les sources du Nil.
Traducción: Manuel Serrat Crespo

Quinta edición: febrero de 2021
ISBN: 978-84-8343-049-1
Depósito legal: M-554-2010
Printed in Spain
Impreso en Anzos, SL –Fuenlabrada (Madrid)

Créditos fotográficos del Cuaderno Documental:
Bettmann/Corbis: 1
Getty Images: 2
Royal Geographical Society/Getty Images: 3
Rue des Archives/Gregoire: 8
Private Collection/The Stapleton Collection/The Bridgeman
Art Library: 9
Rue des Archives/CCI: 10
Bojan Brecelj/Corbis: 11
Rue des Archives: 12
Roger-Viollet: 13
Royal Geographical Society: 14
Bettmann/Corbis: 15
Euan Denholm/Reuters: 16

Mapas:
Marie Pécastaing/Studio jeunesse Flammarion

El papel utilizado para la impresión de este libro procede de
bosques gestionados de manera sostenible.

EN BUSCA DEL RÍO SAGRADO

Las fuentes del Nilo

Philippe Nessmann

Traducción de Manuel Serrat Crespo

bam bú

EDITORIAL

Preámbulo

Fragment

Donde se descubre que las grandes exploraciones comienzan en los despachos

—*Ni siquiera en tiempos de su esplendor los faraones intentaron saber de dónde procedía...*

Sir Roderick Murchison adoptó un aire solemne. La reunión que presidía a comienzos del año 1856, en un despacho de silenciosa atmósfera en la Sociedad Real de Geografía de Londres, era de la mayor importancia. Para él, para la sociedad que dirigía, para Gran Bretaña y, al menos eso esperaba, para la historia de los grandes descubrimientos.

—En la Antigüedad, los egipcios consideraban el Nilo como un dios caprichoso y generoso, que cada año les alimentaba con sus crecidas. Sin duda hubiera sido sacrílego querer saber más...

Embutido en su chaqué, el anciano dejó que se hiciera el silencio, como para dar más peso a lo que iba a decir.

–Más tarde, los griegos y, luego, los romanos quisieron desvelar ese insondable misterio: ¿cómo un río puede atravesar un país tan desértico como Egipto sin nunca secarse? ¿Dónde están, en un continente tan cálido como África, las fuentes de semejante cantidad de agua? ¿En qué lejanas montañas?

Un geógrafo bigotudo susurró, con aire festivo, al oído de su vecino:

–Te apuesto a que nos habla de Nerón...

–El emperador romano Nerón –prosiguió sir Roderick Murchison– envió al lugar una expedición dirigida por dos centuriones. Remontaron el Nilo hasta el actual Sudán. Pero, al sur de Jartum, fueron detenidos por una gigantesca ciénaga, alimentada por mil corrientes de agua. Una de ellas es forzosamente el Nilo, ¿pero cuál? Puesto que no podían recorrerlas todas, renunciaron...

El geógrafo bigotudo se inclinó de nuevo hacia su vecino.

–¿Qué te apuestas a que suelta la palabra gondokoro en la próxima frase...?

–Hace menos de cincuenta años, una expedición consiguió por fin encontrar, en aquella inextricable marisma, la corriente de agua más importante, dicho de otro modo, el Nilo. La remontó hasta que una cadena de montañas, cerca del poblado de Gondokoro, lo hizo impracticable. Los escasos viajeros que se han aventurado más allá, han regresado enseguida. O no han regresado nunca, víctimas de la jungla y de los traficantes.

Sir Roderick Murchison tomó una gran carpeta coloca-
da ante él, en la mesa de su despacho.
–Hoy, las fuentes del Nilo constituyen el mayor enigma
de la geografía moderna. Para los hombres y para el país
que las descubran serán los honores y la gloria. Y deseo ar-
dientemente que correspondan a Gran Bretaña. Tengo para
ello que presentarles un ambicioso proyecto. Su autor no es
otro que Richard Burton. Se propone, para resolver el proble-
ma, flanquearlo: puesto que no es posible remontar el Nilo a
causa de las cascadas y las ciénagas, quiere descender por
él. Para ello, piensa dirigirse mucho más al sur, a Zanzíbar,
en la costa este de África. La expedición se dirigirá luego ha-
cia el oeste, hacia el corazón del continente, adonde ningún
europeo ha ido nunca. Algunos mercaderes árabes afirman
haber descubierto allí varios lagos grandes como mares. Si
algún río ancho sale de uno de esos lagos y corre hacia el
norte, hay muchas posibilidades de que sea el Nilo. Bastará
entonces con descenderlo hasta Egipto... Pero «bastar» no es
la palabra exacta: la región está atestada de traficantes, fie-
ras, junglas asfixiantes y enfermedades tropicales...
El geógrafo bigotudo se inclinó hacia su vecino.
–No lo he oído: ¿quién quiere aventurarse por ese pe-
queño paraíso?
–Burton –repuso el otro, molesto.
–¿Richard Burton? Ah, sí, a fin de cuentas...
Sir Roderick Murchison abrió la carpeta y sacó de ella
unas hojas y unos mapas.

–Queridos colegas, les he reunido hoy para que discutamos este proyecto. ¿Les parece realizable? ¿Debe financiarlo la Sociedad Real de geografía? Mientras aguardamos recibir a Richard Burton, estudiaremos los documentos que nos ha proporcionado.

El presidente los hizo circular entre sus colegas.

–¿Alguna pregunta?

Acto I

Hacia el lago Tanganika

Capítulo uno

Capítulo uno

En el palacio del sultán de Zanzíbar
Encuentro con dos blancos
Enrolado a su pesar

Estoy una vez más de guardia en la parte trasera del palacio del sultán, junto a la gran palmera. Puesto que vigilo una puerta por la que nunca pasa nadie, me aburro como el cadáver de un muerto, una vez más.

Para matar el tiempo, intento recordar un viejo proverbio. ¿Acaso: «el que rema a favor de la corriente hace que los cocodrilos se rían», o tal vez: «el que rema contra la corriente hace que los cocodrilos se rían»? Intento meterme en la piel de un cocodrilo e imaginar cuál de ambas cosas es más chusca.

–¡Sidi Mubbarak! ¡Ven!

Es Baraka, mi jefe, el que se dirige a mí.

–¡Ya ves que estoy trabajando! Beberemos más tarde.

–Ven, el sultán quiere verte.

–¡Ah! Si se trata del sultán...

Preguntándome aún qué tontería habré hecho, sigo a Baraka por una serie de corredores muy frescos, hasta la gran estancia del palacio donde el sultán recibe a sus invitados.

—¡Entra aquí, Sidi Mubbarak!

Sayyid Majid ben Said al-Busaid tiene apenas veintidós años. Se convirtió en sultán de Zanzíbar el año pasado, cuando murió su padre, pero se tiene la impresión de que ha dado órdenes toda su vida, tal vez, incluso, ya en el vientre de su madre.

—¡Entra!... Mis invitados quieren conocerte.

Hay allí, sentados en una banqueta, dos hombres blancos vestidos como blancos. Uno de ellos tiene el pelo negro, el otro amarillo.

—Buenos días Sidi Mubbarak —dice el del pelo negro.

Ese hombre me da miedo. Incluso sentado parece alto como un gigante. Sus ojos son tan severos que te empujan hacia atrás. En cada una de sus mejillas tiene una cicatriz larga como un pulgar, como si una lanza le hubiera atravesado de parte a parte la boca.

—¿Al parecer hablas industaní?

Estoy tan impresionado que no lo advierto enseguida: me está hablando en esa lengua.

—Claro —le respondo.

Podría explicarle que soy africano, nacido en la tribu Yao, y que de niño fui capturado por los mercaderes árabes y vendido como esclavo. Mi dueño me llevó entonces a la India. Fue allí donde aprendí el industaní, una lengua de aquel país. Cuando murió mi dueño, me convertí en un hombre libre y regresé a África, donde me alisté en la guardia del sultán de Zanzíbar.

Podría contarle todo eso, pero prefiero callar. Un silencio vale por veinticinco respuestas.

–Al parecer viajaste hasta la India con tu dueño –prosigue el hombre del pelo negro, que lo sabe ya todo de mí–. Vas a acompañarme en un largo viaje por las tierras africanas.

¿Un viaje? ¡Ah no, no quiero! Estoy muy bien custodiando mi puerta, por la que nunca pasa nadie.

Y, además, hay tantas mujeres que me gustan en la isla de Zanzíbar y con las que quiero casarme. ¡No quiero marcharme!

–Sabe usted, sahib, aquí tengo mucho trabajo que hacer para su alteza...

–¡No discutas! –me interrumpe en árabe el sultán– ¡Yo he decidido que vayas!

¿Pero por qué yo? ¿Acaso es un castigo por algo que he hecho mal? ¿Y por qué ese viaje?

–¿Se dedican al comercio de esclavos?

–No, buscamos un río. Se llama Nilo y...

¿Para qué buscar un río? ¡Todos los ríos se parecen! La única pregunta interesante es: ¿qué divierte más a los cocodrilos? ¿Ver a un remero que remonta la corriente o que desciende por ella? Mientras el hombre del pelo negro le

19

habla a las moscas, echo una ojeada a su compadre. Parece algo más joven, veinticinco años tal vez, aunque sea difícil calcular la edad de los blancos. No ha dicho nada desde el comienzo. No hace más que escuchar e inclinar amablemente la cabeza. El jefe no es él.

De pronto, un silencio: la explicación debe de haber terminado.

—¡Nos vemos mañana por la mañana en el puerto!

Con un gesto de su cabeza, el sultán me indica que me marche.

Regreso a mi puesto de guardia, tan contrariado como un borrico entre buitres: ¡no quiero marcharme!

* * *

—¿Cómo se llaman?

—El jefe se llama Richard Burton y el otro John Speke.

Mi amigo Baraka, que es mi superior entre los guardias, es muy curioso: siempre quiere saberlo todo. Esta noche, me ha invitado a su choza para beber vino de coco. Estamos sentados en jergones y me acribilla a preguntas.

—¿Y qué estáis haciendo en el puerto?

—Preparamos el tesoro.

—¿El tesoro?

Me divierte pincharle.

20

—¡Sí, el tesoro! Los ingleses son muy ricos, llevan rollos de tela, más hermosas que las más hermosas telas del sultán. Y también un montón de joyas y de cuentas. He tenido la suerte de verlas y he quedado tan deslumbrado que los ojos me pican todavía. Metemos esos tesoros en cajas para llevarlos con nosotros. Con eso nos van a pagar los ingleses.

No es del todo cierto: servirán, sobre todo, para comprar comida por el camino. Pero Baraka me cree y abre unos ojos como platos.

–¿Hay muchas cajas?

–Tantas que se necesitarán treinta asnos y treinta y cinco hombres para llevarlas. Y ocho soldados baluchis para defendernos de los ladrones.

–¿Y tú eres porteador?

–Yo, ¡claro que no!

–¿Por qué te han elegido entonces?

Siento la envidia en la boca de mi amigo y eso me gusta. No le he dicho que yo no quería marcharme.

–Porque hablo lenguas. Aquí nadie habla inglés. De modo que los dos blancos no pueden dar sus órdenes. Pero, como han vivido en la India y yo también, me dan sus instrucciones en industaní y yo las traduzco.

–¡Pero también yo he vivido en la India! ¡También yo hablo industaní! ¿Por qué no me han elegido a mí?

–Sin duda porque yo hablo mejor...

–Bah... ¿Y no quieres decirme lo que vais a buscar?

–Si te lo he dicho ya: un río. Pero no puedo decirte nada más...

Apuro mi calabaza de vino de coco y, luego, añado para concluir la cuestión sin mostrar que no sé nada más:

–Es un secreto.

Baraka rumía: le habría gustado tanto participar en el viaje. Él es realmente un aventurero –yo no.

–¿Cuándo os marcháis?

–Hace meses ya que los ingleses preparan la caravana, todo está casi listo. Saldremos cuando acabe la estación de las lluvias.

–¿Y cuánto tiempo durará el viaje?

–No lo sé.

En realidad, lo sé: para mí, sólo durará unos días. Soy un hombre libre y nadie puede obligarme a hacer lo que no quiero. Para no acabar en las mazmorras del sultán, he decidido partir con los ingleses, pero huiré en cuanto nos hayamos adentrado bastante.

Nunca más volveré a ser un esclavo...

Capítulo dos

En la jungla y la sabana
Mil dificultades para la caravana
¡Valor, quedémonos!

Se dice que huir forma ya parte del valor.

Sólo me queda aguardar el momento oportuno para ser valeroso.

De momento, es demasiado pronto. El barco prestado por el sultán de Zanzíbar apenas acaba de atracar en el continente. Decenas de hombres, mujeres y niños corren a nuestro encuentro. Algunos se mezclan con los porteadores y se apoderan de algunas cajas. Los dos sahibs están perdidos: parecen gallinas que no reconocen ya a sus polluelos. ¿Eres tú un aldeano o un porteador? ¡Eh, no os marchéis con las cajas!

El sahib Burton, que realmente es muy alto y tiene una mirada realmente muy maligna, se enoja; no obstante, nadie le escucha.

Voy a verle.

—No es bueno enojarse. Hay que dar algunas cuentas a los aldeanos, pues le han ayudado.

—¡Pero si no han hecho nada!

—Déles las cuentas y le dejarán en paz.

El sahib Burton se enoja más aún pero, puesto que es inteligente, acaba comprendiendo que tengo razón y va a ver a los aldeanos con las cuentas. Todo vuelve al orden.

A la mañana siguiente, la caravana se pone en camino. Somos en total casi cien hombres. Said ben Salim el-Lamki, nuestro guía, abre la marcha. En el pasado, acompañó a varios mercaderes árabes que se dirigieron al corazón de África para buscar marfil y esclavos. Conoce bien el camino. Nadie debe sobrepasarlo, so pena de ser multado. Le siguen los porteadores con los fardos de mercancías en la cabeza, van luego los asnos, cargados como mulas y llevados por arrieros. Los sahibs Burton y Speke viajan también montados en asnos. Los ocho soldados armados, distribuidos a lo largo de la caravana, tienen varios esclavos cada uno de ellos para servirles.

Cuando se pone en marcha, la caravana se estira como una lombriz. Rápidamente, los de atrás pierden de vista a los de delante. A veces se alarga tanto que se divide en varios trozos que se siguen en fila, como una lombriz cortada a pedacitos.

Empezamos por tomar un estrecho sendero que se hunde en una densa jungla. Sobre nuestras cabezas, los árboles y las lianas se unen formando un techo verde. Hace fresco y es casi obscuro. De vez en cuando, desembocamos en un calvero con campos de labor y una decena de chozas hechas de barro y ramas, luego nos sumimos de nuevo en la jungla sin fin.

Tras dos horas de marcha, llega por fin el momento de ser valeroso.

–¡Eh, esto pesa demasiado! –grita un porteador dejando su fardo.

Los demás le imitan y todos se sientan en el suelo.

–Sí, es más pesado de lo que nos dijeron.

La caravana se detiene en una confusión general. Lo aprovecho para meterme en la selva.

–¡Bombay!

Bombay es el apodo que me ha dado el sahib Burton: es el nombre de una ciudad de la India. Mis amigos, en cambio, me llaman Mamba, el «cocodrilo», porque tengo los dientes puntiagudos como garfios y me encuentran muy feo. No me molesta ser feo: se acuerdan de mí.

–¿Bombay, adónde vas tan deprisa?

El sahib Burton parece enfadado. Doy marcha atrás.

–Hum... Una urgente necesidad de regar los árboles.

–Dime, ¿qué pasa con los porteadores?

–Oh, nada, las cajas les parecen demasiado pesadas.

–Pero si son de veinticinco kilos, el peso normal. ¡Diles que vuelvan a ponerse en marcha!

–No serviría de nada, sahib.

–¡Hazlo de todos modos!

—Pero si no servirá de nada.

—¡Entonces lo haré yo mismo!

Descabalga y, durante unos minutos, grita todas las palabras que ha aprendido en swahili. Naturalmente, los porteadores permanecen sentados.

Yo le contemplo, divertido: un hombre que da órdenes a los guijarros pierde su tiempo.

—No es nada bueno enojarse, sahib. Hay que discutir. ¡Déles un salario mejor!

—Pero acordamos el precio antes de la partida...

—Entonces, si le apetece, siga gritando.

Refunfuña un poco más, luego comprende de nuevo que tengo razón y decide regresar para discutir con los porteadores.

La caravana se pone en marcha de nuevo.

Y yo con ella.

Penetramos lentamente pero con seguridad en territorio de los uamrami, una tribu cuya mayor afición es desvalijar las caravanas de paso. Hace doce años, un hombre blanco llamado Maizan se detuvo en Dege-la-Mhora. En Zanzíbar todos conocen su historia: viajaba solo y era el primer blanco que había llegado tan lejos en África. Mazungera, el jefe de la aldea, lo recibió bien primero. Pero tras algunos días, le reprochó los dones hechos a otros jefes y declaró que iba a morir de inmediato. Ató a Maizan a un baobab y, al son del tambor, le cortó las articulaciones. Comenzaba a cortarle el cuello cuando, puesto que la hoja estaba embotada, se detuvo para afilarla, luego prosiguió su tarea. Luego, Mazungera emprendió la huida y se dice que un dragón animado por el espíritu de un viajero blanco recorre el camino de Dege-la-Mhora, en busca del jefe fugitivo.

Es el camino que estamos siguiendo.

Para apartar a los malos espíritus y a los saqueadores, cantamos, gritamos, golpeamos los tam-tam con todas nuestras fuerzas. Como un gato eriza su pelo para que le crean más grande de lo que es, hacemos ruidos para que los bandidos piensen en una caravana muy bien protegida y muy segura de sus fuerzas.

De momento, funciona.

* * *

Hemos salido del territorio uamrami. Pienso sin cesar en mi proyecto de fuga, pero las lluvias torrenciales me impiden intentar nada de nada. Son tan fuertes que apenas he dicho: «caramba, llueve», cuando estoy ya empapado hasta los huesos. El camino de tierra se transforma entonces en un sendero de lodo. Cruzamos marismas en las que me hundo hasta las rodillas, hasta el vientre a veces. Cuando salimos de ellas, penetramos en una jungla cuyas enormes lianas trepan, se retuercen, se yerguen, se enrollan a los árboles, nos barran el paso. Luego atravesamos una sabana de hierbas cortantes y matorrales espinosos que nos agarran, como para impedirnos llegar más lejos. Porque más lejos hay otras ciénagas.

Cada noche, rígido como un árbol muerto, me digo que lo peor ha pasado. Pero lo peor llega a la mañana siguiente. La humedad lo moja todo, ropas, cajas, asnos y hombres. Un olor a podrido brota de la tierra, como si detrás de los matorrales hubiera cadáveres. Hordas de hormigas con cabeza de búfalo corren por el suelo, de aquéllas cuyas mandíbulas acaban con una rata y no te sueltan ya cuando te han pellizcado. Nubes de mosquitos llenan el aire.

Si huyera ahora, no podría sobrevivir nunca, solo en este infierno.

Me armo, pues, de paciencia.

Por lo demás, llega mi oportunidad: hace ya algunos días que ambos sahibs tiemblan sobre sus asnos, más blancos que el blanco, víctimas de unas feas fiebres. Me siento secretamente satisfecho: cuanto más duro sea, antes renunciarán y antes daremos media vuelta. África no está hecha para los débiles. Sin embargo, cada mañana, ante mi gran sorpresa, los dos ingleses cabalgan de nuevo y nos ponemos en marcha. Me pregunto qué puede ocultar el río Nilo que sea tan valioso, para que les importe tanto...

Y, ¡oh miseria!, África es dura incluso con sus propios hijos. También yo me pongo enfermo. Me duele la cabeza, tengo dolores en los pies, mis ojos arden y siento una gran fatiga en todo el cuerpo. Numerosos asnos, picados por moscas tse-tsé, mueren y nosotros, desgraciados supervivientes, cargamos con sus fardos.

De vez en cuando atravesamos una pequeña aldea. Cuando llegamos, los hombres, las mujeres y los niños huyen a las selvas. Desde hace veinte años, bandidos armados incendian las chozas y capturan a los habitantes. Los venden a las caravanas árabes que, a su vez, los revenden como esclavos en Arabia, en la India o en otra parte. Por ello esa pobre gente tiene miedo de todos los extranjeros, incluso de nosotros que sólo queremos comprar algo para poder comer.

Sé muy bien lo que sienten: cierto día también yo huí, aterrorizado, de la choza de mis padres. Era un niño y no corría mucho: los buitres me alcanzaron, capturaron, arrastraron, vendieron. Nunca he vuelto a ver a mis padres. Ni siquiera sé ya dónde se encuentra la aldea de mi infancia. A veces me pregunto si mi madre se acordará aún de mí... Pero hoy soy adulto y corro mucho.

Huiré y nadie me alcanzará.

* * *

Treinta y cinco días de ruta: saludamos al último cocotero que veremos.

El sendero se eleva hacia las montañas llamadas Usagara y el clima cambia: las lluvias del valle y los hediondos vapores han desaparecido. Cuanto más subimos, más fresco es el aire, más azul el cielo y más agradable el sol. Las ciénagas y los espinosos han dado paso a tamarindos, mimosas y algunos baobabs. Unos pequeños monos se divierten ocultándose detrás de los anchos troncos, mientras las iguanas calientan sus escamas al sol. Unas palomas arrullan entre los matorrales.

Como por arte de magia, nuestras fiebres disminuyen y regresan nuestras fuerzas.

Cada día, tras la dura jornada de marcha, una vez descargados los asnos y montadas las tiendas de los sahibs, pienso en el mejor momento para escapar. ¿Al ir a buscar agua al arroyo? ¿Leña para el fuego? ¿Pero qué voy a hacer luego? ¿Regresaré solo a ese valle hostil?

Cada anochecer, cuando el sol se pone, cuando la rana-toro muge, dejo mis proyectos para el día siguiente, como sorgo y carne hervida para recuperar fuerzas, luego Mabruki saca el tam-tam y me olvido de todo. Palmeamos y cantamos a coro. Danzamos en corro, nos balanceamos hacia delante y hacia atrás, lentamente primero, cada vez más deprisa luego, nuestros brazos se agitan, nuestros cuerpos se agachan, nuestras manos tocan la tierra, el corro se va estrechando, nos aceleramos hasta galopar frenéticamente. Y por fin, en plena excitación, Mabruki hace callar el tam-tam y todos nos arrojamos al suelo, con grandes risas.

Sentado en su taburete plegable, el sahib Burton nos observa y, a la luz del fuego de campamento, escribe cosas en un cuaderno. Su negra barba oculta ahora las dos cicatrices de sus mejillas.

A veces, palmea rítmicamente y se ríe de buena gana. Parece menos severo. Enardecido por la danza, voy a verle.

–¿Viene a bailar? ¡Es bueno!

–Me gustaría mucho, pero no tengo tiempo.

–Ustedes, los blancos, tienen relojes pero nunca tiempo... ¿Y qué está escribiendo?

Sonríe y me tiende su cuaderno: nos ha dibujado.

El parecido es tal que nos veo bailar sobre el papel.

–Dibujo, hago mapas de las montañas que atravesamos, escribo palabras en swahili para aprenderlas, anoto lo que ha pasado durante el día. Quiero acordarme de vosotros, de vuestros cantos, de vuestras risas, de vuestro modo de vestir, para contárselo a mis amigos ingleses...

Es casi amable. Sus ojos, tan duros la mayor parte del tiempo, se fruncen maliciosos.

–... y también quiero recordar vuestra pereza y vuestros manejos para que os paguen mejor o para obtener más comida.

¿Habla en serio? En el fondo, creo que nosotros, los negros, le gustamos.

En primer lugar detesta la esclavitud y, además, intenta conocernos. No es como su compañero de pelo amarillo, el joven sahib Speke. Él, tras la jornada de marcha, va de caza; le gusta mucho cazar y trae orgullosamente los cadáveres de los animales. Luego, se encierra en su tien-

33

da y nunca se mezcla con nosotros. Los únicos momentos que sale lo hace para discutir con el sahib Burton. No entiendo nada porque hablan en inglés. He visto varias veces al joven enseñando un cuaderno a su jefe. Éste lo lee y tacha algunas palabras, como si corrigiera faltas. El joven Speke agacha la cabeza en silencio, diríase un cachorro ante su dueño.

–¡Dormir, dormir!

Cuando suena ese grito, la música cesa. Todos vamos a acostarnos.

Las noches son siempre demasiado cortas.

* * *

Ya está, se ve ya el final de las montañas y la bajada hacia el valle de Ugogo.

Rebaños de antílopes, cuya cabeza sobrepasa las altas hierbas, nos observan. Los dos sahibs los admiran, tan asombrados como ellos. Luego, de pronto, dan un brinco y huyen ligeros como un sueño.

Cuando llegamos al estanque Diwa, somos recibidos por un concierto de tambores y campanillas. Todos los que necesitan agua se detienen ahí. Al anochecer, miles de pájaros se posan en la ribera. Por la noche, elefantes, jirafas y cebras abrevan ahí. Y de día, lo hacen los hombres.

Una inmensa caravana está acampada ya. Tiene mil porteadores, tal vez más. Sus jefes duermen en grandes tiendas, en verdaderas camas de madera. Viajan con su ganado, cajas llenas de provisiones, medicamentos, tabaco. Llevan también un precioso cargamento de marfil: han terminado pues con el comercio y emprenden regreso hacia Zanzíbar.

¡Zanzíbar!

Mi última oportunidad.

Esa noche no pego ojo; demasiado nervioso. Por fin ha llegado el momento: me uniré a la otra caravana y regresaré a la costa sin temer las ciénagas, ni el hambre, ni a los bandoleros.

De madrugada, seguro de mí mismo y muy excitado, vuelvo a partir con mi caravana, para no despertar sospechas. Sólo debe durar unas horas, pero las horas pasan y me quedo. Luego pasan los días y sigo allí. Todavía podría desandar el camino, pero no lo hago. ¿Por qué? No lo sé. Bueno, sí, lo sé: no soy tan valeroso como quiero creer. Juego a ser un cocodrilo, pero soy sólo un tronco de árbol que flota en la charca. Soy un cobarde.

Y la cobardía acaba pagándose siempre.

Cierta noche, unas hienas atacan a nuestros últimos asnos. Los pobres animales están tan heridos que el sahib Burton ordena rematarlos y vamos a ser también nosotros, los hombres –los negros, no los blancos– quienes nos encarguemos de su carga.

Yo, que no soy porteador, llevo ahora en la cabeza un fardo tan pesado como el suyo. Las jornadas son largas y, al anochecer, el sorgo, la leche agria, la mantequilla rancia, los huevos echados a perder y el agua corrompida, todas esas cosas compradas, sin embargo, muy caras en las aldeas, no apaciguan ya mi hambre.

–¡Sidi Bombay, estás comiendo todo el tiempo! –se burla el sahib Burton.

«Sí, pero yo llevo vuestros fardos y, por la noche, monto vuestras tiendas», le respondo para mí mismo.

Hubiera debido marcharme con la otra caravana...

Cierta noche, me despiertan unos murmullos en el campamento. Es cosa de los porteadores que, aquella noche, se han acostado apartados del guía y de los soldados. A la luz de la luna, les veo moverse, murmurar, reunir sus cosas. De pronto, una quincena de ellos se levantan en silencio y desaparecen en la noche.

Vuelvo a dormirme.

–¿Dónde están los porteadores? ¿Bombay, dónde están los porteadores?

Abro los ojos. Amanece. El sahib Burton está aullando sobre mí.

–Pero... yo no sé nada.

–Ya lo imagino –estalla–. ¡Pero infórmate!

Me levanto, enojado porque me griten cuando no es cosa mía, y hago la pregunta a la veintena de porteadores que se han quedado. Traduzco la respuesta al hombre blanco:

–Han vuelto a su casa.

–¿A su casa?

–Sí, viven en la región y han vuelto a casa.

–Sé muy bien que son de esta región –ladra–, ¡pero el trabajo no ha terminado! Tenían que acompañarnos hasta Kazeh. ¿Volverán?

–¿Les ha pagado ya?

–En parte, sí.

–Entonces no, no volverán.

El terrible Burton se tranquiliza de inmediato: ha comprendido que era el responsable de ese desaguisado. Es extraño cómo la gente que se cree inteligente hace a veces cosas que ni siquiera los más tontos harían. Y, claro está, nosotros, los que nos hemos quedado, tomamos la carga de los desertores. Desde Zanzíbar, parte de los rollos de telas y las cuentas ha sido cambiada por comida, pero queda mucho todavía.

Es realmente muy pesado y cada paso en la tierra seca y ardiente se hace más duro que el anterior.

El sahib Burton lo advierte y se pone a mi altura.

–¿Todo va bien, Bombay?

–Sí, sí, todo va bien.

–Mañana entregarás tu caja a los porteadores. Tú eres mi intérprete, no mi porteador.

–No, no, no sahib, estoy bien.

Por nada del mundo dejaría mi carga: no quiero pasar por una mujer a ojos de mis compañeros.

–Como quieras.

El sahib vacila unos instantes, luego añade, hablando en voz más baja:

–¿Sabes, Bombay?, hay tantos hombres que sólo piensan en llevar la menor carga posible, en robarme cuentas o en desertar que, realmente, tengo suerte de tenerte aquí.

–¿De verdad?

–Lo que estás haciendo es muy duro. Admiro tu fuerza y tu valor.

Creo que está diciendo la verdad.

Y tiene razón: pensándolo bien, ahí, bajo el sol, con mi caja en la cabeza y mis horas de marcha en las piernas, advierto que, si se necesita valor para huir, a veces se necesita más aún para quedarse.

Y yo me he quedado.

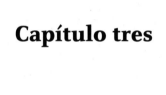

Capítulo tres

Llegada a Kazeh
Un poblado que huele a sangre
Valiosas informaciones

Hace cuatro meses y medio que seguimos la pista de las caravanas árabes, dirigidos por Said ben Salim.

Esta mañana, el sahib Burton ha ordenado a nuestros ocho soldados baluchis que se pusieran su uniforme, con el sable a la cintura, el mosquete cargado y el escudo decorado. Ha sacado de sus cosas la bandera de su país y la ha puesto a la cabeza de la caravana.

Al son de cuernos y tam-tams, la caravana serpentea por el valle. Cuando por fin nos acercamos, una multitud se apretuja al borde del camino. Nos aclama tanto que no se escuchan ya nuestros propios gritos. Yo no grito, sólo estoy contento de llegar.

Al entrar en Kazeh, varios rostros claros se mezclan con la multitud: comerciantes árabes vestidos con una larga túnica y tocados con el fez rojo.

Uno de ellos se dirige a los sahibs:

–*Salam malecum*!

–*Malecum salam*! –responde Burton.

Los dos hombres discuten en árabe. Desde que oí al sahib hablando con el sultán de Zanzíbar, sé que conoce esta lengua.

–¡Bombay, ven aquí!

Acudo como una gacela llevada hacia el león.

–Vas a traducir –dice en industaní.

–Pero no lo necesita usted, habla perfectamente el árabe.

–No es para mí sino para el capitán Speke.

Snay ben Amir –éste es el nombre del mercader árabe– es alto, flaco y pálido. Por el color gris de su barba, debe de tener unos cincuenta años. Sus gestos son lentos y su mirada penetrante, como los de una serpiente.

Nos lleva a través del poblado. Hay centenares de casas de tierra con techo de paja. Las mayores están rodeadas por un hermoso jardín florido. Los mercaderes árabes, que se han instalado ahí para su comercio, las hicieron construir. Imagino que esos tembes están llenos de tesoros; rollos de tela y cajas de cuentas procedentes de Zanzíbar; montones de marfil y maderas preciosas destinados a la isla.

La casa de Snay ben Amir es una de las más hermosas.

Un pequeño tejado de madera, adosado al muro, alberga una ancha banqueta cubierta de un tapiz rojo. En un taburete de madera esculpida se ha puesto una bandeja de plata. En ella, vasitos para el té.

En una región tan apartada de África, todo eso es un lujo digno de un sultán. Pero a mí me parece que huele a sangre y a muerte.

El mercader árabe nos hace sentar, a los dos sahibs y a mí.

–*Ahlan wa sahlan!*

El joven Speke me mira, algo perdido. Traduzco al oído:

–«Bienvenidos a mi casa, me satisface recibiros».

–¿Que os trae? –prosigue el mercader árabe– ¿Comerciáis con marfil? Puedo ayudaros a encontrarlo. ¡Decidme lo que queréis!

–No –responde Burton–, no estamos aquí por el comercio. Buscamos un río.

–¿Un río? ¡Ah! caramba... Es sorprendente...

Llega un esclavo con una tetera de plata y llena tres vasos. Para mí no hay –soy sólo un servidor. Pero, de todos modos, no habría bebido ese té: desde que he entrado en ese tembe, tengo la impresión de que me cuesta respirar por ese olor a sangre.

–Humm –se maravilla Burton–, ¡té! ¡Es un placer! ¿Lo cultiva usted aquí?

–¡No! Las caravanas nos lo traen de Zanzíbar... ¿Decía usted que buscaban un río?

–Sí, buscamos las fuentes del río llamado Nilo.

El mercader árabe frunce el ceño.

–Espere, deje que recuerde... El Nilo... ¿No corre por Egipto? Sí, eso es, lo recuerdo: cuando vivía en Arabia, leí algunos libros sobre ese país. Es un río muy importante, ¿no es cierto?

Al traducirlo al oído del sahib Speke, dudo en añadir una pregunta que comienza a correr por mi cabeza: «¿Pero qué es eso tan importante que tiene ese río?»

–¿Y creen ustedes que nace por aquí?

–Sí –responde Burton–. Algunos viajeros árabes dicen haber visto varios grandes lagos en la región. El río podría nacer de uno de ellos. ¿Ha oído usted hablar de esos lagos?

–Claro. Al oeste, saliendo de aquí, está el lago Tanganika. Es largo como un mar y ancho como una babosa. Al norte, saliendo de aquí, está el Nyanza. En el pasado, por mi comercio, pude ver esos dos lagos.

El sahib Burton está a punto de atragantarse con su té.

–¿Los... los ha visto? ¿Sabe si algún río sale de uno de esos lagos, un río que corra hacia el norte?

–No, amigo mío, desgraciadamente no lo sé.

El joven Speke intenta decir algo, pero mientras lo susurra a mi oído, es ya tarde, la conversación prosigue su camino.

–¿Tiene usted mapas de la región? –pregunta Burton.

–¿Mapas? ¿Para qué? Las caravanas siguen siempre los mismos senderos.

–Lástima...

–Pero si necesita usted informaciones, no vacile en pedírmelas. ¿Cuánto tiempo se quedarán aquí?

–Unos días, lo que haga falta para comprar víveres.

–¡Sean entonces bienvenidos! Vengan, les ayudaré a instalarse.

El mercader árabe se levanta, seguido por los sahibs Burton y Speke, y también por mí.

Al salir de su casa para reunirnos con el resto de la caravana, tengo la impresión de poder respirar de nuevo: el olor a sangre ha desaparecido.

Sé muy bien que ese olor no existe, que sólo está en mi cabeza.

No conozco al jeque Snay ben Amir, pero no me gusta. No me gusta su casa. No me gustan los demás traficantes árabes y no me gustan sus casas. No puedo evitar pensar que además de marfil venden hombres, mujeres y niños. Algo apartadas de la aldea, he divisado las chozas en las que amontonan a los prisioneros, antes de enviarlos a Zanzíbar.

Sus hermosas casas están construidas con la sangre de los esclavos.

Todos los miedos de mi infancia vuelven a brotar, de pronto, en mí.

* * *

Ayer, día de nuestra llegada a Kazeh, el sahib Burton se instaló en una choza prestada por su amigo Snay ben Amir. Puso allí cajas de cuentas y telas, luego llamó a los porteadores, uno a uno. Tras unos minutos en la choza, cada cual salió con una gran sonrisa en los labios y un pequeño tesoro en los brazos.

Esta mañana, todos los porteadores han tomado sus cosas y, sin decir palabra, han abandonado Kazeh para regresar a su casa.

El sahib Burton está muy enojado. Desde la partida de Zanzíbar, sabía que el trabajo de los porteadores terminaría en Kazeh y que, luego, serían libres de regresar a sus casas. Pero esperaba, secretamente, que se quedaran para continuar el viaje hacia los lagos.

Ahora habrá que contratar a nuevos hombres.

–¡Es perder el tiempo! –grita el inglés en todas las lenguas que conoce, para que todos le entiendan perfectamente.

* * *

«Cuando el gato tiene hambre, no dice que el trasero del ratón hiede.»

Miro al joven Speke, sentado ante mí al pie de un baobab limpiando meticulosamente su fusil, cuando me viene a la mente ese proverbio. Es exactamente eso.

Estamos bloqueados en Kazeh desde hace tres semanas. El sahib Burton pasa parte de sus jornadas y todas sus veladas en casa del jeque Snay ben Amir. El inglés detesta la esclavitud, pero no le molesta, visiblemente, ser amigo de un tratante de esclavos. Hablan de continuar la expedición, de la búsqueda de nuevos porteadores, pero también de Arabia, de las costumbres musulmanas, de libros...

Durante los primeros días, el joven Speke siguió a su patrón. Pero como no comprende sus conversaciones, abandonó.

Y puesto que sólo habla inglés e industaní, la única persona con la que puede conversar soy yo. Y no importa que, desde el comienzo del viaje, casi no me haya dirigido la palabra: ¡ahora le intereso! La otra noche vino a pedirme algo, ni siquiera sé ya qué. En realidad, sólo necesitaba hablar. «Cuando el gato tiene hambre...»

Pero me da igual, también yo le necesito: tiene cosas que enseñarme.

–¿El Nilo? –repite adosado a su baobab– ... Richard te hablaría de él mejor que yo... Pero puesto que me lo preguntas... Es un río sorprendente. Lo vi ya una vez, en Egipto. ¿Sabes? Egipto es un país inmenso, cubierto por completo de arena amarilla. Hace mucho calor y nunca llueve. Ya imaginarás que nadie podría vivir allí si el Nilo no lo cruzara de sur a norte. Gracias a él, nació allí una brillante civilización hace cinco mil años... Construyó pirámides y magníficos templos para sus dioses. Pero nadie ha conseguido nunca saber de dónde procedía esa tan valiosa agua. Y es lo que Richard y yo buscamos... ¿Comprendes lo que te digo?

¿Me toma realmente por idiota o qué? La única cosa que me cuesta un poco imaginar es un país cubierto enteramente de arena. He visto ya grandes playas a orillas del mar, pero una playa del tamaño de un país...

–¿El sahib Burton y usted se conocían ya antes?

–Sí. Los dos somos oficiales del ejército de Gran Bretaña. Estábamos destinados en la India. Allí aprendimos el industaní. Aunque no fue allí donde nos conocimos. Fue después. Hace cuatro años, Richard organizó una expedición a Etiopía. Es un país al este de África. Quería entrar en Harar, una ciudad prohibida a todos los que no son musulmanes. Debía entrar solo, pero necesitaba un equipo de apoyo por si las cosas iban mal. Al principio, yo no debía formar parte de él. Pero otro inglés tuvo que renunciar en el último momento y, entonces, me ofrecí.

Miro, divertido, al joven con su barba amarilla. Le he hecho una mínima pregunta y él me suelta toda su vida.

–Realmente tenía ganas de partir con Richard. ¿Sabes?, en Inglaterra es muy célebre. Cierto día consiguió entrar en La Meca, otra ciudad prohibida a los no musulmanes. Como habla perfectamente árabe y no tiene miedo de nada, se disfrazó de peregrino y a la chita callando, entró en la ciudad santa. Luego escribió un libro sobre el viaje. Escribe muy bien. Adora las palabras. Debe de hablar treinta lenguas distintas. Le basta con oír un idioma para aprenderlo. Estoy seguro de que comprende ya el swahili. A mí las lenguas no me interesan. Pero tengo otras cualidades.

Acaricia su fusil. Sin duda espera una pregunta del tipo: «¿Y cuáles son sus cualidades, sahib?» Pero no quiero darle ese gusto.

48

–¿Y cómo fue lo de su expedición a Etiopía?

–¿La expedición?... Ah sí... Pues bien, Richard consiguió entrar en Harar. Entretanto, yo debía explorar el río Nogal, donde hay oro. Pero por culpa de mi guía, que era un granuja y no dejó de estafarme, no lo conseguí. Cuando Richard regresó, nos encontramos en la costa etíope, junto al mar Rojo, con dos ingleses más, Herne y Stroyan. Yo compartía mi tienda con Stroyan. Cierta noche, nos despertaron unos gritos. Unos gritos horribles. Saqué la cabeza por la abertura de la tienda. Éramos atacados. Unos indígenas aullaban en la obscuridad y lanzaban jabalinas. Apenas tuve tiempo para correr hacia la otra tienda, la de Richard y Herne. La situación era crítica: nuestros centinelas se habían evaporado. Sólo teníamos nuestros fusiles para defendernos. Disparábamos contra los asaltantes ocultos tras las dunas de arena, y ellos respondían arrojando lanzas. Uno de los atacantes se acercó y cortó las cuerdas de la tienda, que se inclinó hacia un lado. Para no encontrarnos envueltos en la tela, salimos. Los indígenas nos echaban piedras. Aprovechando la obscuridad, uno de ellos se arrojó sobre mí por detrás y me derribó. Cuando desperté, estaba en el suelo, junto a una choza, con las manos atadas. Los salvajes me habían llevado a su poblado. Era de noche aún. Un indígena, viendo que estaba despertando, se divirtió entonces fingiendo que iba a matarme: pinchó mi cuerpo con la punta de su lanza, cada vez más fuerte, hasta hacer brotar sangre. Otros lo imitaron de modo que una lanza me atravesó el muslo de parte a parte. Aullé de dolor y, en un reflejo, me levanté, golpeé a mi agresor y huí cojeando. Los indígenas quedaron tan sorprendidos que no reaccionaron enseguida. Yo corría descalzo hacia la playa cuando empezaron a llover las jabalinas. Pero las evité y despisté en la obscuridad a mis agresores. Luego roí mis ataduras con los dientes y regresé al campamento siguiendo la playa...

Apoyado en su baobab, el joven sahib mira su fusil como si mirara a un amigo.

–No estoy dotado para las lenguas, pero tengo otras cualidades.

El cachorro sabe, en efecto, utilizar sus colmillos...

–¿Y qué les ocurrió a los demás?

–Stroyan, el que compartía mi tienda, había muerto. Los muy sinvergüenzas le habían molido a golpes, habían atravesado su corazón con una jabalina y habían reventado su cabeza contra las rocas. Herne, en cambio, no tenía nada. Por lo que a Burton se refiere, tenía el rostro ensangrentado: una lanza le había atravesado la boca. Había entrado por la mejilla izquierda y había salido por la derecha. Pero estaba vivo. Un milagro.

Un milagro, en efecto.

–De modo que sí –concluyó–, respondiendo a tu pregunta, hace ya bastante tiempo que Richard y yo nos conocemos. Y con todo lo que hemos vivido juntos, se han establecido vínculos...

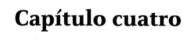

Capítulo cuatro

Mal presagio
Última parada antes del infierno
En el corazón de África

A veces no es bueno hacer demasiadas preguntas. Tras cinco semanas de obligada inmovilidad, la caravana volvió a ponerse en marcha con nuevos asnos y nuevos porteadores. Kidogo es uno de ellos –un porteador, no un asno. Es alto y fuerte, va vestido con un taparrabos de hojas trenzadas y lleva dos grandes aros dorados en las orejas. Como todos los porteadores, procede de la región de Kazeh, es de la tribu de los uanyamuezi. Entre los uanyamuezi, llevar un fardo es signo de fuerza: desde su más tierna infancia, los muchachos se divierten así.

–¡Soy un asno! ¡Un buey! ¡Un camello! –exclamó aquella mañana, al partir, para mostrarnos su potencia.

De hecho, no es muy listo, justo lo bastante para caminar con un fardo en la cabeza y apartar las moscas con la mano sin dejar caer el paquete.

Hace un rato, me he acercado a él y hemos hablado sin dejar de caminar. Le he hecho entonces la pregunta que no hubiera debido hacerle. Pero, desde hace cinco días, me aguijoneaba como una pulga:

–¿Por qué no han venido algunos de tus hermanos?

Hace cinco días, el sahib Burton anunció que íbamos hacia el lago Tanganika. El joven Speke me explicó que ese lago era mejor que el lago Nyanza para encontrar el río Nilo, pues estaba más hacia el sur y, por lo tanto, más lejos. No comprendí la razón, pero eso carece de importancia. Lo importante es que, cuando el sahib Burton anunció nuestro destino, muchos porteadores prefirieron regresar a casa.

–¿Por qué no han venido?

–Han tenido miedo –me ha respondido Kidogo.

–¿Por qué?

–Porque ya han ido al lago Tanganika y es muy duro.

–¿Por qué es muy duro?

–Porque es realmente muy duro.

Ignoro lo que ha querido decir, pero ha bastado para inquietarme: si es «muy duro» para un uanyamuezi, ¿cómo va a ser para mí?

–De todos modos tú vas al lago Tanganika...

–Sí.

–¿Por qué?

–Porque yo no tengo miedo.

Esto me ha tranquilizado un poco.

–¿Y por qué no tienes miedo?

–Porque es la primera vez que voy.

Hubiera debido callar; ahora, también yo tengo mucho miedo.

* * *

Msene es el último poblado antes de entrar en lo «realmente muy duro».

Las escasas caravanas que se dirigen al lago Tanganika hacen allí una última parada para darse valor.

Las escasas caravanas que regresan del Tanganika se detienen allí para recuperar su gusto por la vida.

¿Qué se hace en Msene?

Varias veces al día, tomo de mis cosas un puñado de cuentas de cristal que el sahib Burton me dio como adelanto por mi trabajo. Voy a la choza de la mujer más vieja de la aldea, la que lleva una pipa en la boca, y cambio las cuentas por algo del palmyra que ella fabrica.

Luego, paso la mayor parte del tiempo con Kidogo y mis amigos porteadores. Tocamos el tambor y bailamos tanto como somos aún capaces, luego hablamos y reímos, tendidos en nuestras esteras, y por fin dormimos.

El sahib Burton viene a vernos a menudo. Quiere que volvamos a ponernos en marcha. Se enoja en todas las lenguas, pero no consigue despertar a los dormidos. Los demás le escuchan en silencio. Yo le respondo que necesitamos recuperar fuerzas, que tenemos mucho tiempo y que aun cuando todos los elefantes de África bebieran el agua del lago, quedaría aún bastante cuando llegáramos. Gracias al palmyra, el sahib no me da miedo.

Cierta mañana, el sahib pierde tanto la esperanza de conseguir que nos pongamos en marcha que se sienta con nosotros, toma una calabaza de palmyra y se la bebe de un trago. El vino de palma le pone alegre por unas horas. Le diviso incluso riéndose con unas mujeres del poblado y haciéndoles cumplidos. Creo que, en Inglaterra, tiene ya una prometida.

El joven Speke, por su parte, suele quedarse en su tienda. Nunca bebe y no mira a las mujeres de la aldea. Sin embargo me ha dicho que no estaba casado. Creo que no le gustan las mujeres. No le gusta nadie.

Salvo eso, nada ocurre en Msene. ¡Ah, sí! El otro día, oí a los dos sahibs peleándose en inglés. No comprendí nada, pero me sorprendió oír al joven Speke hablando tan alto. No sabía que era capaz de hacerlo. Luego me contó lo que había ocurrido. En los bosques de la región de Msene hay muchos leones, leopardos, hienas y gatos salvajes. En las llanuras hay elefantes, rinocerontes, búfalos, jirafas y cebras. Junto a los estanques garzas, grullas y jacanas. El joven Speke adora la caza y pidió autorización para abandonar unos días Msene y buscar rinocerontes. Sueña en matar uno. El jefe se negó, pues la caravana debe poder ponerse en marcha en cualquier momento. Speke piensa que sólo lo hace para molestarle. Por eso gritó una vez, muy fuerte, y desde entonces no le habla ya a Burton.

Estamos en Msene desde hace diez días, pero vamos a marcharnos pronto: a mis amigos y a mí casi no nos quedan ya cuentas para transformarlas en bebida.

* * *

Dos veces al día, el cielo se obscurece.

Grandes gotas cálidas caen sobre nosotros. Tamborilean en mi fardo como en un tam-tam. Por unos instantes me sirve de techo. Pero, rápidamente, el agua chorrea a lo largo del paquete, cae sobre mis hombros, corre hasta mis pies.

Nos encaminamos hacia la estación de las lluvias.

Y, como dice Kidogo, en la estación de las lluvias los caminos mueren. Hierbas verdes y cortantes brotan del suelo y lo invaden todo. Nuestro guía Said ben Salim detiene a menudo la caravana para encontrar el sendero, para descubrir los árboles que las precedentes caravanas han quemado, marcando así el trayecto.

De momento, no resulta aún muy duro. Resiste.

Pero cada día el terreno se degrada un poco más y se hace cenagoso. Un horrible concierto de ranas acompaña nuestra marcha. La tierra viscosa se mete entre los dedos de mis pies desnudos. A cada paso, tengo cuidado de no resbalar, de no dejar caer el fardo. Horribles ciempiés gigantes de patas rojas se cruzan en nuestro camino, con el cuerpo cubierto de parásitos. De vez en cuando, atravesamos ríos de los que salimos cubiertos de sanguijuelas.

Por la noche, tras haber plantado el campamento sobre unas hierbas podridas, encendemos con dificultad hogueras de leña húmeda. Tomo una brasa y la paso por encima de las sanguijuelas, para que se suelten una a una. Como no hay poblados por los alrededores, cada vez tenemos menos comida. No nos quedan ya ganas de bailar.

¡Qué lejos queda Msene! ¡Y Kazeh!... Y Zanzíbar...

Las noches son frescas y húmedas y, por la mañana, despierto con fiebre y con las piernas pesadas. Es preciso recoger el campamento, cargar el fardo y partir, caminar por el barro sin resbalar, avanzar sin pensar en las largas horas de marcha hasta la siguiente parada y, sobre todo, no pensar en la horrible noche que me aguarda sino, muy al contrario, en el pequeño tesoro que recompensará mis esfuerzos, en las cuentas de cristal y la tela que me permitirán, a mi regreso, beber el delicioso palmyra...

–¡Bombay!... ¡Bombay!

Una llamada de socorro. Me aparto del sendero para dejar pasar a los porteadores que me siguen. A cierta distancia, detrás de mí, está el asno del sahib Burton –pero sin nadie encima. Dejo mi fardo y acudo. El inglés está tendido en el suelo.

–¡Bombay, ayúdame!... ¡No puedo levantarme!

Es la primera vez que le oigo, a él, que siempre ha sido severo e inflexible, hablar en un tono suplicante. Debe de ser grave. Me coloco tras él, pongo mis manos bajo sus brazos e intento levantarle. Es pesado y sus piernas están muy flojas.

–¡Llamaré al sahib Speke!

–¡De ningún modo! Pídele ayuda a un porteador.

¿Por qué no a Speke? ¿Aún por esa vieja disputa de Msene? Incluso en dificultades, se niega a reconciliarse: no es bueno eso, el mal orgullo. Y las disputas demasiado largas tampoco, no, eso no es bueno...

Llamo a Kidogo, pero llega Speke montado en su asno. Descubre a su jefe por el suelo y, tras un instante de inmovilidad, se precipita.

Se dicen unas frases en inglés. Yo no comprendo nada, pero vuelven a hablar y eso está bien ya.

–Ven, Bombay –me dice Speke en industaní–, ayúdame a ponerlo sobre el asno.

–¡No! –interrumpe Burton– No lo conseguiréis. Desde hace varios días, cada vez me mantengo menos de pie. Ya no siento las piernas. No es la primera vez que me sucede y no es grave, es la malaria. Sólo hay que aguardar a que la enfermedad pase. Pero ahora, no puedo más...

Yo no lo había advertido. No había demostrado nada. Observo su rostro: se forman arrugas de dolor rodeando sus ojos negros. En sus mejillas, a través de los pelos de la barba, diviso las dos anchas cicatrices. Recuerdo las palabras del joven Speke: el ataque al campamento, la lanza atravesando la boca, el dolor. A pesar de todos estos sufrimientos, el sahib Burton ha vuelto a África. Sea cual sea el dolor, jamás renunciará a su río.

–¡Tengo una idea! –les digo a los dos ingleses.

Voy al bosque con Kidogo y Mabruki y, tras media hora bajo el diluvio, regresamos con mi invento: una rama muy recta, larga como dos hombres, bajo la que hemos colgado una de las hamacas. Tendemos al sahib en la tela y tres portadores, uno delante y dos detrás, levantan la rama y se la ponen al hombro.

–¡Ya podemos seguir! –les anuncio con orgullo.

En el rostro del jefe, como un relámpago de agradecimiento: proseguirá su sueño gracias a mí.

La caravana reanuda su penosa marcha hacia el lago Tanganika. Cuanto más nos acercamos, más duro se hace. La fatiga, los asnos que mueren, la comida que falta, las colinas que deben superarse, los bosques que deben atravesarse, los insectos, la humedad, los fardos que llevamos, el transporte del hombre blanco. Sí, realmente es muy duro. Ahora comprendo perfectamente a los porteadores que no han querido repetir el viaje.

–El bwana blanco se encuentra muy mal –comienza a esperar Kidogo–, tal vez demos media vuelta...

Ya no fanfarronea. Se acabaron, por la mañana, sus: «¡Soy un asno! ¡Un buey! ¡Un camello!»

60   –No, amigo mío, conozco bien a los dos blancos, y mientras no hayan encontrado el lago, continuarán.

Tras cada colina, interrogo el horizonte en dirección al sol poniente con la esperanza de distinguir el tan esperado lago. Pero nada.

A su vez, el joven Speke se pone enfermo. Entre dos lluvias, cuando el cielo se aclara, la luz se hace muy fuerte, demasiado para los ojos azules del inglés. Ya no ve nada. Dice que no es grave, que ya pasará, pero yo siento muy bien que está inquieto. Se agarra al lomo de nuestro último asno.

Un jefe inválido; el otro ciego. Y nosotros, los porteadores, los guardas y demás, todos afectados por fiebres y dolores, y por el hambre, y por el agotamiento...

Tres meses después de la partida de Kazeh.

Una nueva colina que debe escalarse. La pendiente pedregosa es tan pronunciada que el asno del sahib Speke muere de agotamiento a media altura. Me reúno con el inglés, le tomo de la mano y lo guío hacia la cima. Ignoro cómo va a proseguir. Sin duda tendido en una hamaca, también él. ¿Pero seremos bastante numerosos los porteadores?

–¡Bombay!...

¿Qué pasa ahora? La llamada viene de arriba. Trepamos y, casi sin fuerzas y sin aliento, llegamos a lo alto de la colina.

–Bombay, ¿qué es aquella línea brillante, allí, lejos?

Pongo mi mano sobre mi frente y miro a lo lejos. Una línea gris y horizontal se extiende al pie de las montañas.

A mi espalda, siento al pobre Speke, perdido en su obscuridad, pendiente de mi respuesta.

–Creo que se trata de agua.

Speke lanza un gritito de alegría pero, de inmediato, Burton empieza a gruñir para sí.

–Ese lago es muy pequeño... Los árabes me hablaron de un lago inmenso... Pero ese lago es minúsculo... ¿Cómo puede esa charca ser las fuentes del Nilo?

–¿Algo va mal, Richard? –gime Speke– ¿Qué pasa? Dime, ¿qué estás viendo?

Capítulo cinco

El lago Tanganika
El ataque de los escarabeos
¿Es el Nilo?

El sendero desciende serpenteando a lo largo de una salvaje garganta. Siempre que puedo, echo una mirada entre los árboles, hacia el lago. Parece crecer, crecer: sólo a los pies de la jirafa te das cuenta de su verdadera altura.

Tendido en su hamaca, el sahib Burton describe lo que ve a su compañero ciego, sostenido a su vez por dos porteadores. Recuperan el placer de vivir.

Y también yo me siento mejor: mi fardo parece menos pesado ahora que estamos llegando al final.

Después de la selva, la caravana atraviesa campos y poblados. Mi vientre hambriento no cree lo que mis ojos ven. En la plaza del mercado, leche, aves, huevos, tomates, aguaturmas, llantén. Los habitantes nos miran al pasar, sorprendidos al ver dos hombres tan blancos. Tras los campos y los poblados, encontramos por fin una playa de arena sembrada de cañas. Ante nosotros, una inmensa extensión azul en la que el viento forma pequeñas lunas de espuma. En el agua, junto a la ribera, sobresalen ojos, oídos y hocicos: los hipopótamos dormitan. Más allá, en piraguas, unos pescadores echan sus redes. He aquí, pues, el lago tan esperado. Muellemente tendido al pie de las montañas, se caldea al sol. Es mayor aún de lo que los mercaderes de Kazeh nos habían dicho. De la otra orilla sólo adivino inmensas cumbres grises coronadas de nubes. A izquierda y derecha es tan largo que no veo el final.

El sahib Burton y Speke se asombran en inglés. Tal vez hablen del río Nilo y del país de arena amarilla. Tras unos instantes, dejo mi fardo en la playa y les pregunto en industaní:

—Bueno, ¿y ahora comemos?

* * *

—He aquí lo que vamos a hacer...

El sahib Burton me ha convocado, con el joven Speke, en una choza cerca de Ujiji. Ujiji es el gran burgo de la región. De hecho, es un pequeño poblado ruidoso. En la plaza central, cada día, a últimas horas de la mañana, parece un bazar: decenas de vendedores de la región intercambian alimentos, marfil o telas. A menudo estallan disputas que, a veces, acaban a cuchilladas.

—Bombay, ¿has comprendido bien lo que buscamos? Si el Nilo nace en este lago, como creo, eso significa que un gran río sale por aquí, en alguna parte, y corre hacia el norte, hacia Egipto...

Tendido en su camastro de campaña, tiende el brazo hacia la derecha para indicarme esa dirección. Desde la choza abandonada en la que se ha instalado, se ve un pedacito del Tanganika.

–... Exploraremos esta parte del lago. Para ello, necesitamos un gran barco. Kannena, el jefe de Ujiji, me ha dicho que un mercader árabe tenía un velero amarrado en la otra orilla. Como no puedo caminar, he pedido al capitán Speke que vaya en piragua a buscar este navío.

El joven Speke me dirige una gran sonrisa. Desde hace unos días, sus ojos empiezan a ver de nuevo; se siente muy contento. Parece muy orgulloso de que el sahib le confíe esta misión.

–Bombay, tú acompañarás al capitán Speke y serás su intérprete. Llevaréis con vosotros tres porteadores y cajas de telas y cuentas, para alquilar el navío. Pero a ti, Bombay, te pido además que te informes entre los indígenas para saber si algún río sale del lago, en dirección hacia el norte...

No sé si debo alegrarme de esta misión. Creo que estoy contento: no es arriesgado y tal vez me paguen un poco más.

–¿Cuándo salimos?

–En cuanto el capitán Speke esté listo.

* * *

El agua corre deprisa bajo la piragua. Los remeros bogan desde el alba; nos acercamos a la otra orilla.

El sol ha sido tan fuerte durante el día que, varias veces, he mojado mi mano en el agua para refrescarme. No mucho tiempo: el lago está infestado de cocodrilos.

El joven Speke me explica su plan: el campamento, la búsqueda del barco y de su propietario, la demanda de informaciones sobre el río Nilo. Se toma muy en serio su misión y realmente quiere que sea un éxito. De ese modo, es la quinta vez que me repite lo que debemos hacer.

Ni siquiera le escucho ya. Miro el agua que se desliza bajo la piragua y me pregunto si, en alguna parte, al norte, forma ese río que atraviesa luego el país de arena. Me gustaría mucho saber qué aspecto tiene ese país. Arena por todas partes, mires adonde mires, debe de ser hermoso. Me pregunto si viven allí animales, como los cangrejos en las playas. Cangrejos de arena. Pequeños cangrejos de arena que comerían... ¿Qué podrían comer? Comerían arena y cagarían arena.

Arena por todas partes.

Incluso bajo la piragua.

—Bueno, Bombay, ¿bajas o no?

Hemos llegado: la piragua se ha deslizado hasta la playa.

Primera misión: el campamento. Monto la tienda de Speke. Instalo su camastro de campaña y su mosquitera. Coloco luego la caja con sus cosas: un fusil de caza, una pistola, balas, cuadernos y lápices, material para tomar medidas –no sé cómo funciona–, una escudilla y cubiertos para comer –eso sí sé cómo funciona. El joven sahib está satisfecho. Segunda misión: el navío. El dhaw está amarrado no muy lejos. Es una gran embarcación muy fina con una vela en forma de triángulo. Supongo que el propietario lo hizo construir directamente en el agua. El propietario, precisamente, es difícil de encontrar: comercia por la región. Finalmente, tras unos largos días, está de regreso. Viendo al joven Speke muy interesado por su velero, lo aprovecha para exigir una increíble suma de dinero. Luego añade que, además, habrá que esperar tres meses pues, de momento, el velero no está disponible. Speke se siente muy decepcionado: lo necesitamos enseguida.

Tercera misión: el río Nilo. Mientras buscábamos al propietario del dhaw, hemos conocido a otros tres mercaderes árabes. Nos han dicho que habían navegado por el Tanganika. Al norte, muy al norte, hay un río, el río Ruzizi. El joven Speke se sentía muy excitado; me dice que tal vez era el nombre que daban por aquí al Nilo. Pero los tres no estaban de acuerdo: para el alto mercader flaco, el río salía del lago. El más pequeño, en cambio, estaba seguro de haberlo visto entrar. El tercero sólo había oído hablar del río, pero no lo había visto y no sabía nada.

De regreso al campamento, tras el fracaso del dhaw, Speke se encerró en su tienda, muy decepcionado al no poder regresar a Ujiji con el velero. Afortunadamente, llevamos al sahib Burton las informaciones sobre el río Ruzi-zi, aunque ignoremos en qué sentido corre.

En la playa del lago Tanganika, al pie de las montañas grises, la noche ha caído y nuestro fuego se apaga poco a po-co. Acunado por el ruido de las olas que mueren en la playa, me duermo imaginando las aventuras de un cangrejo de las arenas y de su cangreja. Parten en busca de su cangrejillo, que se ha perdido. Me pregunto cómo te orientas en un país de arena. No debe de haber carreteras y nada se parece tanto a un montón de arena como otro montón de arena.

De pronto, gritos en la tienda.

–¡Ahhhh!... *Help! Help!*

¿Un ataque? Miro a mi alrededor: nada. Ni lanzas vo-lando ni asaltantes. Nuestros porteadores despiertan tam-bién. Corro hacia la tienda. El sahib sale de un brinco a toda velocidad: corre como un loco, aúlla, mueve la cabeza. Se golpea violentamente la oreja con la palma de la mano.

–¿Qué pasa, sahib?

Corre hacia el fuego, busca algo –¿pero qué?–, grita, toma un pedazo de leña, lo suelta, se apodera del cuchillo que ha servido para la cena, se lo hunde en la oreja.

–Aaahhh...

¿Qué le ocurre? Hace girar el cuchillo en su oreja, bro-ta la sangre, lo hunde más aún y aúlla, sus ojos están casi fuera de las órbitas, rasca con la hoja el interior de la oreja, luego se calma por fin, se sienta en el suelo, con la cabeza entre las manos, encogido de dolor.

–¿Está bien, sahib?

Me siento a su lado. No responde, mueve la cabeza de adelante hacia atrás, como un loco.

–Un escarabeo –dice por fin–. Un escarabeo... pequeños escarabeos negros... Los había a montones alrededor de mi camastro cuando me acosté... Me he dormido... Un escarabeo ha entrado en mi oído... Eso me ha despertado... Era demasiado pequeño y se había hundido demasiado en mi oreja, no podía quitármelo... Lo sentía rascar con sus patas... como si quisiera entrar en mi cerebro... ¡He creído que iba a volverme loco! Pero me lo he cargado, ¿no es cierto?

–Voy a mirar.

Aparta la mano. Tomo una llama y la acerco a su oído. Sale sangre, sangre con pequeños pedazos negros, como ramitas: patas.

–Sí, sahib, se lo ha cargado.

–¡Me lo he cargado! –murmura el inglés– Me he cargado al muy sinvergüenza...

Mueve de nuevo la cabeza adelante y atrás.

–Quiero regresar, Bombay... ¡Volvamos a Ujiji!

* * *

La piragua corre sobre las aguas.

Un hombre lleva el compás con su tam-tam y los treinta remeros bogan rítmicamente.

Estoy en la más larga de las dos piraguas. Fabricada con un tronco de árbol vaciado, mide sesenta pies de largo y embarca agua. Tengo las nalgas mojadas.

El sahib Burton está tendido en la proa. Está muy enfermo. Sus piernas siguen sin funcionar y tiene la lengua hinchada, lo que le impide hablar bien. También el joven Speke está mal: un líquido amarillo brota de su oreja con, de vez en cuando, una pata de escarabeo o un pedazo de caparazón. No oye ya nada por este oído y, cuando se suena, silba. Está en la segunda piragua, la de cuarenta pies y veintidós remeros.

El otro día, nuestro regreso a Ujiji fue muy mal. Kannena, el jefe del poblado, había dicho tantas veces a Burton que el propietario del dhaw no pondría objeciones en alquilarlo que se sintió muy decepcionado cuando regresamos sin él.

–Hemos hecho todo lo que hemos podido –se defendió Speke sin mucho convencimiento–, pero el árabe no quería oír nada. No es que no lo intentáramos, ¿no es cierto, Bombay?

Incliné la cabeza. Burton pareció dudarlo.

–Era preciso negociar... –insistió– Los mercaderes árabes dan siempre un precio de salida muy alto, pero hay que discutir... Todo se negocia... Pero sin hablar árabe, claro está, es mucho más duro...

Yo veía por la agitación de sus manos que el sahib estaba muy enojado con su joven compañero: lamentaba haberle confiado una misión. Pero no quería encolerizarse dada su herida en el oído. No se golpea a un perro derribado.

–... En todo caso –prosiguió Speke intentando recuperar su seguridad–, tenemos informaciones sobre el río.

El sahib se incorporó en su camastro.

–Tres mercaderes afirman que hay un río al norte del Tanganika...

Burton me miró; incliné la cabeza para confirmarlo.

–Y ese río –añadió Speke, tras unos instantes de vacilación–, ese río sale del lago.

¡Pero...! ¿Qué estaba diciendo?...

–¡Habérmelo dicho enseguida, Johnny! Eso es formidable. Significa que tal vez lo hayamos encontrado... ¡Hemos encontrado el Nilo!

Speke sonrió. Yo no me moví, temía demasiado que Burton me pidiera que lo confirmase. Afortunadamente, no lo hizo.

–¡Organizaré de inmediato una expedición hacia el norte!

–¿Quieres que alquile piraguas? –propuso tímidamente Speke.

–No, no, Johnny, déjamelo a mí, será mejor...

Heme aquí pues en la mayor de las dos piraguas alquiladas por Burton al jefe Kannena.

Desde hace quince días, subimos hacia el norte. El paisaje desfila, siempre igual, una selva densa con, de vez en cuando, un poblado de pescadores reconocible por las palmeras y los bananos que lo rodean.

Cada noche, acampamos en la ribera.

A medida que avanzamos, los ingleses y los remeros se van poniendo más y más nerviosos. Los remeros a causa de los uabuaris, la tribu que puebla la región. Son, según dicen, caníbales: se alimentan de cadáveres de animales, de mugre y de larvas, pero su plato preferido es el hombre crudo. Los remeros temen verlos aparecer detrás de cada matorral.

Los ingleses, en cambio, están nerviosos porque, diez meses después de haber salido de Zanzíbar, están por fin acercándose a su objetivo. A pesar de su lengua hinchada, el sahib Burton me habla a menudo del Nilo. Le apasiona. En sus ojos enfebrecidos puede leerse el rabioso deseo de descubrir el río sagrado.

–Hace cinco mil años que es un misterio... ¿Te das cuenta? Nadie sabe dónde nace... Y dentro de unos días... vamos a encontrarlo... Tendremos que regresar con otra expedición... dentro de unos meses... descenderemos por el río Ruzizi hasta Egipto... ¿Nos acompañarás, Bombay?

El joven Speke le escucha limpiando su fusil... Está pensativo y silencioso. A veces, tengo la impresión de que se siente inquieto. A veces no. Una oportunidad de dos...

Yo, sólo espero a ver.

Sólo algunos días de navegación.

El lago se hace muy estrecho; estamos llegando al final. Las dos riberas son ahora muy visibles. Puesto que no tenemos ya comida, atracamos en una aldea. Los habitantes gritan y cantan. ¿La alegría de ver que se acerca su cena? No, parecen acogedores.

Nuestros remeros, aliviados, cambian cuentas y telas por plátanos y gallinas. Despliego la cama de campaña del sahib en la playa y le ayudo a instalarse.

—Bombay, ve a buscarme al jefe del poblado, tengo que hacerle algunas preguntas.

Tras unos instantes, regreso con tres jóvenes que visten mantos de corteza imitando la piel del leopardo.

—El jefe no está, son sus hijos.

—Servirán... Pregúntales si conocen el río Ruzizi.

Interrogo a los tres jóvenes. Me cuesta un poco comprender la respuesta pues su lengua no es por completo la mía.

—Dicen que sí.

El sahib Burton se incorpora de pronto en su cama. Los pelos de su barba tiemblan de alegría. Speke se une a nosotros.

—¿Dónde está?

Los tres jóvenes me indican la misma dirección.

—Por allí... a dos días de piragua.

—¡Dos días! —exclama Burton— Dentro de dos días veremos el nacimiento del Nilo... ¿Lo oyes, Johnny? ¡Dos días!... ¿Es un río grande? ¿Mucha agua del lago sale por él?

Hago la pregunta pero, como no estoy seguro de comprender bien la respuesta, vuelvo a hacerla. Idéntica respuesta. Me gustaría hacer la pregunta por tercera vez, pero sé que es inútil. Además, no me quedan ya fuerzas. Busco las palabras para traducirlo.

–¿Bueno, Bombay?

–Dicen... Dicen que el agua del lago no corre por el río. Es a la inversa: es el río el que se vierte en el lago.

–¡No, es imposible! ¡El capitán Speke afirmó que salía del lago! ¿No es cierto, Johnny? ¡Pregúntaselo una vez más!

Hago de nuevo la pregunta, pero conozco ya la respuesta.

–Los tres han visto el río con sus propios ojos. Se vacía en el lago.

Burton suelta espuma de rabia. A él, que por lo general habla tan bien, le faltan de pronto las palabras:

–Pero... ¿qué significa eso? Johnny... Johnny, me dijiste... Afirmaste que el Ruzizi salía del Tanganika...

Speke se aclara la garganta, terriblemente turbado.

–Hum, sí... Bueno... Yo sólo repetí lo que los mercaderes árabes nos habían dicho. Lo que Bombay había traducido...

¡De ningún modo! ¡No es eso lo que traduje!

–Bueno, Bombay, ¿qué puedes tú decir?

Burton me acribilla con la mirada. Siento que todo el asunto se volverá contra mí. Haga lo que haga, me caerá encima. No es el momento de pensar en algo así, pero me viene a la cabeza un proverbio: «Cuando dos elefantes se pelean, siempre es la hierba la que queda aplastada.» Y, ahora, la hierba soy yo. Ni siquiera debo intentar luchar.

–Los mercaderes árabes no estaban de acuerdo. El uno decía que el río salía del lago, el otro que entraba y el tercero que no lo sabía. Creí haber traducido bien, pero sin duda me equivoqué.

El sahib Burton espumea de cólera. Fulmina al joven Speke, luego a mí, luego a Speke, luego a mí. Y de pronto, a pesar de su enfermedad y su debilidad, estalla en todas direcciones con increíble violencia:

–¡Me habéis engañado!... ¡Los dos, me habéis engañado!... ¡Lo único cierto es que este maldito río desemboca en el lago!... ¡Todo este viaje para descubrir algo así! Que no es el Nilo, pues... Todo este maldito viaje para nada...

Luego, como si se hubiera vaciado ya, se tranquiliza, echa la cabeza hacia atrás en su camastro de campaña y repite en un suspiro:

–... todo eso para nada...

Capítulo seis

El regreso tras el fracaso
¡Rumbo al Nyanza!
Speke quiere creerlo aún

Ha aparecido en un recodo del sendero, inmenso.

Speke ha permanecido largo rato inmóvil, sin decir nada, luego ha dicho:

–¡Ése es!

Desde entonces, lo observamos en silencio. Es tan grande que no veo el final: diríase un mar. Su color no es azul ni gris, una mezcla de ambos.

–¡Ése es! –repite Speke–, ¡realmente es ese!

No sé cómo puede saberlo, pero parece creerlo. No puede estarse quieto. Da tres pasos hacia el lago, vuelve hacia mí, se echa la mano a la frente, la quita, vuelve hacia el lago.

–Lo he encontrado... ¡Ése es!... Hay que festejarlo.

Piensa en lo que puede hacer, divisa tres ocas nadando en paz por el lago y arma su carabina.

–¡Bombay, tírales una piedra!

Obedezco. Las aves emprenden el vuelo. El inglés se echa al hombro el fusil, apunta y dispara. Una de las aves deja de aletear y cae como una piedra en la playa de arena marrón.

–¡Blanco!

Los blancos tienen extraños modos de alegrarse.

–Bombay, toma la oca: ¡nos la comeremos esta noche! Entretanto, busquemos un poblado de pescadores.

Tomo el ave, caliente aún, y volvemos a ponernos en marcha.

Hace dieciséis días que caminamos.

He aquí lo que ocurrió después del Tanganika. Tras el encuentro con los tres hijos del jefe, al norte del lago, el sahib Burton quiso ver el río con sus propios ojos. Pero los remeros, aterrorizados por los caníbales, se negaron a seguir adelante. El inglés intentó convencerles con palabras y cuentas, pero de nada sirvió. De ese modo, regresamos a Ujiji y, luego, volvimos a ponernos en marcha hacia Kazeh. El viaje duró tres semanas. Tres semanas terribles para Burton: estuvo enfermo todo el tiempo y, puesto que la expedición es un fracaso, el viaje no le interesaba ya. Prácticamente no dijo nada en todo el trayecto; estoy seguro de que, ahora, detesta a Speke. Conmigo, las cosas van mejor. Llegado a Kazeh, Burton decidió que permaneceríamos allí el tiempo necesario para curarse. Se instaló en casa de su amigo el mercader Snay ben Amir. Speke comenzó entonces a aburrirse, dio vueltas y vueltas y, luego, pidió permiso para ir a ver el otro lago, el Nyanza, al norte de Kazeh. Ante mi gran sorpresa,

Burton aceptó: creo que quiso así librarse por algún tiempo de su compañero. Speke me pidió que le acompañara, con algunos porteadores. Si hubiera tenido elección, me habría negado: desde la jugarreta del Tanganika, creo que Speke no me gusta. De hecho, estoy seguro de ello incluso.

Mientras el sol poniente colorea de naranja las aguas del lago Nyanza, unos niños desnudos, con sus blancos dientes tras una gran sonrisa, corren a nuestro encuentro. Diviso piraguas en la playa y, entre los bananos, el techo de paja de varias chozas.

–¡Acampemos aquí! –anuncia Speke– Bombay, ve a buscarme al hombre del poblado que mejor conozca la región.

Regreso poco más tarde con un anciano de manos arrugadas. Los porteadores han montado la tienda de Speke. El inglés está agachado en la arena, ante un fuego de leña. Tiene en su mano derecha una escudilla llena de agua hirviendo, en la izquierda un termómetro. Todos los niños de la aldea y algunos adultos están de pie rodeándole, observándole.

–Ven a ver –me dice muy excitado–. He medido la altitud del lago y es mucho mayor que la del Tanganika. ¡Es una buena señal!

–¿Cómo lo ha hecho?

–Te lo diré más tarde. No hagamos esperar a nuestro invitado. ¡Dile que se siente!

Speke le tiende unas cuentas de cristal, pero eso no parece interesarle. Mira la escudilla de metal sobre el fuego.

–Pídele hasta dónde ha llegado por el lago.

El hombre me responde que ha seguido la costa en piragua hacia la izquierda y también un poco hacia la derecha.

–¿Ha atravesado el lago? ¿Sabe si hay un río del otro lado? ¿Un río que corra hacia el norte?

El anciano no lo sabe. Dice que nadie ha ido nunca hasta el otro extremo del lago: es demasiado grande para eso.

–¿Cómo de grande?

El hombre se frota el marchito dorso de su mano derecha con el pulgar de la izquierda, reflexiona, luego responde que el lago se extiende hasta el fin del mundo. Sí, hasta el fin del mundo.

Speke hierve.

–Un lago inmenso como un mar y muy elevado... ¡Es éste! En este lago tiene las fuentes el gran Nilo... ¡Lo siento!

Mientras el anciano mira con deseo nuestra escudilla, el inglés examina las aguas obscuras del lago –a cada cual su sueño.

–Regresemos a Kazeh para avisar a Richard. Es absolutamente necesario explorar este lago hasta su extremo norte... Siento que de él sale un río y que es el Nilo.

Imagino ese río corriendo tranquilamente hacia el norte, atravesando primero húmedas selvas, luego sabanas secas, luego una región tan seca que nada crece en ella, ni árboles ni hierba, una región en la que sólo crece arena amarilla, el país de arena -a cada cual su sueño.

–He encontrado las fuentes del Nilo –repite Speke–, ¡yo he encontrado las fuentes del Nilo!

Entreacto

Regreso a Londres

Londres, 9 de mayo de 1859.

Algo había cambiado, pero el capitán John Speke no conseguía saber exactamente qué.

El tiempo era gris y las casas lúgubres, a pesar de una primavera bien entrada ya. Los cascos herrados de los caballos resonaban ruidosamente sobre el adoquinado de la ciudad. Los paseos estaban atestados de calesas, de carrozas, de carros, de carricoches. Unos minutos antes, había estado a punto de ser derribado por un ómnibus de caballos abarrotado, con las damas sentadas en el interior del largo vehículo y los hombres en los bancos de madera instalados en el techo.

El capitán Speke tenía una extraña impresión. Había salido de Londres tres años antes, pero era como si se hubiera marchado la semana anterior. Nada había cambiado realmente: los mismos trajes negros y sombreros de copa para los hombres; los mismos vestidos largos y encorsetados en el talle para las damas; los mismos faroles de gas y los mismos árboles en las calles. Como si el tiempo se hubiera detenido.

Sin embargo, algo era distinto, ¿pero qué? Salió del bulevar por una calleja de tierra batida que llevaba a la Sociedad Real de Geografía. Había polvo por todas partes. Niños harapientos jugaban en el arroyo. Los mismos que hacía tres años.

–*Morning'sir*!

Se volvió y, precisamente cuando respondía al niño, comprendió lo que había cambiado: la mitad de los ruidos de la ciudad había desaparecido. Estaba sordo de un oído. El escarabeo, el dolor, las enfermedades, los lagos, las disputas con Burton, las jornadas de marcha, los animales salvajes, una multitud de recuerdos de África volvieron a su memoria, como un soplo de aire cálido... No era Londres lo que había cambiado en tres años, era él, John Speke.

Cruzó sin dilación la puerta cochera de la Sociedad de Geografía y pidió ver a sir Roderick Murchison.

–¿A quién debo anunciar? ¿Tiene usted cita?

Unos minutos más tarde, John Speke fue invitado a entrar en el despacho del presidente. A sus sesenta y siete años, Murchison había engordado y encanecido. Era difícil imaginarle como explorador. Por lo demás, había sido geólogo más que explorador y había permanecido en Europa.

–¿Ya está usted aquí? –se sorprendió el anciano– Recibí hace tres días un telegrama de Burton procedente de Arabia. No creía verle tan pronto.

Speke vaciló en contárselo todo de entrada. Decidió esperar un poco para ver las reacciones de Murchison.

–Burton estuvo muy enfermo –se limitó a decir–. Se quedó en Aden para recuperar fuerzas. Yo tomé el primer navío a vapor hacia Europa y he llegado esta misma mañana a Londres.

–Bueno, ¿y su viaje hacia los Grandes Lagos? ¿Encontraron ustedes las fuentes del Nilo? ¡Dígamelo todo!

Speke comenzó contando lo del Tanganika y el río Ruzizi; la esperanza y, luego, la decepción.

–De modo que no lo han encontrado...

–Creo que sí –repuso el explorador, como si su vida dependiera de ello.

Contó a Murchison, más atento que nunca, su viaje en solitario hacia el lago Nyanza –al que había rebautizado lago Victoria en homenaje a la reina de Inglaterra, Victoria– y su íntima convicción de haber encontrado las fuentes del Nilo. Luego su regreso hacia Kazeh para anunciar a Burton la buena nueva.

–¿Y qué descubrieron ustedes, cuando ambos regresaron allí?

–¡Nada! Richard se negó a que regresáramos... Ignoro por qué. Me dijo que yo no tenía prueba alguna y que, de todos modos, la expedición había terminado, que regresábamos a Zanzíbar.

—Pero tenía usted pruebas, ¿no es cierto?

—Claro. En primer lugar, el lago se encuentra justamente en la prolongación del Nilo, al sur de éste. Luego, medí su altitud, más de mil metros sobre el mar. Es mucho más que la altitud del Nilo en Gondokoro, que es de cuatrocientos cincuenta metros. Es pues del todo posible que las aguas del lago Victoria corran hasta Gondokoro.

—Son magros indicios...

Speke sintió que vacilaba.

—¡Pero es el lago bueno! No puedo explicarlo, pero estoy seguro...

—No era una crítica, querido amigo. La crítica se la dirigiría yo, más bien, a Burton, que hubiera debido regresar y explorar con usted el lago. Era su deber de jefe.

¿Estaría cambiando el viento?

—Tal vez Richard tuvo miedo de que yo le robara los honores —insistió Speke—. Él era el jefe de la expedición y yo encontré el lago...

Lanzó una ojeada al globo terráqueo que adornaba el despacho de Murchison. En el corazón de África, en una amplia zona marrón, se habían escrito estas palabras: «Tierras desconocidas».

—Si la Sociedad de Geografía lo desea —prosiguió—, si lo desea usted, me gustaría organizar una expedición para explorar el lago Victoria, una expedición a cuya cabeza me pondría... Lo he pensado mucho: podría regresar a Kazeh y, luego, contornear el lago por el oeste para encontrar los ríos que salen de él. Y si, como pienso, el más grande de ellos es el Nilo, me bastará entonces con seguirlo hasta Egipto...

–Interesante... Muy interesante... ¿Podría usted hablarnos de eso, de modo más extenso, uno de estos días?

–Claro.

–¿Sería posible... digamos... mañana? Precisamente presido una reunión de geógrafos.

–¡Mañana! –se atragantó Speke.

Sí, era posible, pero había... antes tenía...

–Debo confesarle... debo decirle que, cuando dejé a Richard en Aden, le prometí aguardar su regreso antes de venir a verle.

Cuando había hecho aquella promesa, realmente pensaba cumplirla. Puesto que Burton era el jefe de la expedición, le parecía normal, aunque ya no se hablaran en absoluto, aguardar su regreso. Sin embargo, en el vapor que le había llevado a Londres, había conocido a un periodista llamado Laurence Oliphan, a quien le había contado la historia. Éste le había explicado que sus méritos nunca serían reconocidos por Burton. Y Speke se había dejado convencer. Debía defender, solo, sus derechos. Por eso, una hora antes, había cruzado sin más espera la puerta cochera de la Sociedad de Geografía.

–¿Está usted seguro de que quiere hacer esta reunión mañana, sin Burton?

Murchison hizo girar maquinalmente el globo terráqueo alrededor de su eje, mientras reflexionaba. Speke contuvo el aliento, como para ayudar al anciano a tomar la decisión adecuada.

–Sí –resolvió Murchison–. Burton tuvo su oportunidad y la echó a perder. Le toca ahora a usted aprovechar la suya.

* * *

Doce días más tarde, Richard Burton llegó a su vez a Londres. Durante el largo viaje en barco, había tenido tiempo de pensar en su próxima expedición. Quería explorar el lago descubierto por Speke, en compañía de éste claro está.

«¡Se han encontrado las fuentes del Nilo!», escuchó en la esquina de una calle.

Se dio la vuelta: era un vendedor de periódicos que pregonaba los titulares para atraer al lector.

Buscó en sus bolsillos, tomó unos peniques, compró el periódico y dio una ojeada al artículo.

El suelo se abrió bajo sus pies.

Speke le había traicionado. Había ido a la Sociedad de Geografía e incluso había convencido a los geógrafos de que le confiaran una expedición. Sin duda había utilizado sus sempiternas sandeces sin fundamento, las que había dicho ya en Kazeh, aquellos vagos «presentimientos», aquellos «lo sé, siento que es el lago bueno».

¡Y los geógrafos le habían creído!

¡Pero qué monstruosa tontería haber permitido que Speke regresara solo a Inglaterra! ¡Qué ingenuidad haber creído que cumpliría su palabra!

Se lo reprochaba a sí mismo. Y lo peor era que la Sociedad de Geografía nunca financiaría dos expediciones semejantes. Puesto que aquel traidor de Speke había logrado la suya, nunca él, Richard Burton, conseguiría otra. Su carrera de explorador acababa de finalizar.

¡Pero aquello no quedaría así! Jamás permitiría que Speke reivindicara tan fácilmente el descubrimiento de las fuentes del Nilo. La batalla sólo había empezado.

Acto II

Hacia el lago Victoria

Capítulo uno

El regreso de Speke a Zanzíbar
En marcha hacia el lago Victoria
Un ataque de bandidos

Corro detrás de Baraka por las callejas polvorientas de Zanzíbar.

Y vuelvo a pensar en este proverbio: «Eres dueño de las palabras que no has pronunciado; eres esclavo de las que has dejado escapar.»

A mí el carácter me empuja, más bien, hacia los proverbios con animales: «Un mosquito nunca se aventura por donde aplauden los hombres» o «El mono sabe a qué se expone si utiliza el puerco-espín de taburete» o también «El buey no presume de su fuerza ante el elefante.»

Pero entonces, sin dejar de correr, advierto que, desde hace un año y medio, hubiera debido de mantener en mi cabeza el proverbio sobre las palabras.

Desde mi regreso a Zanzíbar, hace un año y medio, mi amigo Baraka me invita a menudo a beber vino de palma y me hace muchas preguntas sobre mi viaje a los Grandes Lagos. Al principio, le contaba lo que realmente había pasado.

Pero hace algunos meses, puesto que el sahib Speke no regresaba, contrariamente a lo que me había dicho, creyendo que no regresaría nunca, fui un poco más allá de la verdad.

Le conté a Baraka, por ejemplo, que yo era muy amigo de Speke, que me había enseñado a medir la altitud de un lago con una escudilla, o también que quería convertirme en el guía de su próxima expedición.

Le hablé también del país de arena, los pequeños cangrejos que allí viven e, incluso, de una historia de árbol de arena húmeda que crece como un verdadero árbol bebiéndose el rocío, salvo que al morir la arena se seca y se derrumba. Baraka quedó muy sorprendido, pero le aseguré que sí, que era verdad.

De todos modos, no iba a saber nada de la verdad puesto que Speke no regresaría.

Pero Speke ha regresado: hace menos de una hora, Baraka lo ha divisado en el puerto y se ha apresurado a venir a buscarme.

Corro tras él por las callejas de Zanzíbar, y llegamos al puerto chorreando sudor.

Algunos hombres descargan las cajas de un barco a vapor. Un blanco vigila su trabajo, pero no es Speke, ni Burton. El sahib Speke está un poco más allá, a la sombra, sentado sobre un montón de cabos. Me cuesta un poco reconocerle: ha recuperado peso y su pelo amarillo es corto. También su aspecto es distinto; tengo la impresión de que se mantiene un poco más erguido.

–Buenos días sahib –le digo en industaní.

–¡Eh, Bombay! ¡Cómo estás, viejo cocodrilo! ¡Ya ves, he vuelto!

Ya lo veo y sólo me complace a medias. No es que sea bonito, pero a veces soy algo rencoroso: lo que sentí en el lago Tanganika, cuando me echó encima el error del río Ruzizi, todavía me abrasa el pecho.

–¡Pregúntale lo de los árboles de arena! –murmura Baraka en swahili, a mis espaldas.

–¡Sí, sí, está bien!... Pero tú ve a dar una vuelta. No es educado escuchar a la gente. Quiero saludar a mi amigo como es debido.

De hecho, quiero sobre todo librarme de Baraka, que habla también industaní, para que no escuche nuestra conversación. Cuando se aleja arrastrando los pies, me vuelvo hacia el navío y las cajas, y pregunto al inglés:

–¿Es para regresar al segundo lago?

–Sí –responde orgullosamente–, pero esta vez yo seré el jefe de la expedición. No tendremos ya todos los problemas que vivimos con Burton.

–¿Y el otro sahib, allí?

–Es mi ayudante. Se llama James Grant. Es capitán del ejército británico en la India, como yo. Podrás pues hablar con él en industaní... Porque quiero que vengas con nosotros. ¿Querrás ser mi intérprete?

A decir verdad, no lo sé. Justo después de nuestro regreso de los lagos, no habría vuelto con Speke por todo el oro del mundo. Luego, con el tiempo, me dije que, a fin de cuentas, volvería a partir; de hecho, había gastado todo mi dinero. Pero con el paso de los meses ni siquiera me hice ya la pregunta.

–Hum... Ya veremos... ¿Por qué no?... ¡Pero si acepto, me gustaría ser guía!

–No, el guía será Said ben Salim, como la última vez.

–¿Su ayudante, entonces?

–Por qué no, más tarde veremos...

Baraka da vueltas a nuestro alrededor como si fuera una mosca hambrienta. Se acerca por fin y me pregunta en swahili:

–¿Qué te ha dicho? ¡Dime lo que te ha dicho!

Dudo en confesarle que nunca seré guía y que, desde hace unos meses, le he dicho varias mentirijillas.

–Confirma que los árboles de arena existen, ¡tan cierto como existe este barco! Y ha añadido que, en primavera, algunos pájaros hacían incluso en ellos su nido...

* * *

Camino por un estrecho sendero, con un fardo en la cabeza.

Mi cuerpo había olvidado el peso de los fardos y el dolor de los guijarros en mis pies.

A nuestro alrededor, la sabana. Unos antílopes, cuya cabeza sobresale de las altas hierbas, nos observan y luego, de pronto, dan un brinco y huyen como en un sueño. Desde hace tres meses, hemos atravesado la región de los uamrami, los saqueadores de caravanas. Luego nos hundimos hasta las rodillas en las ciénagas y cruzamos junglas de enmarañadas lianas. Nuestras violentas fiebres desaparecieron en cuanto el sendero ascendió hacia las montañas del Usagara. Luego volvimos a bajar hacia el valle del Ugogo, hacia el estanque Diwa, donde los elefantes beben por la noche y los hombres de día.

Llegaremos pronto a Kazeh.

Comparado con el primer viaje, todo es igual pero todo es distinto.

La caravana es dos veces mayor que la de Burton –casi doscientas personas– y está formada por gente muy distinta. Hay diez soldados hotentotes traídos de África del Sur: puesto que nadie comprende su lengua, siempre están reunidos. Hay también veinticinco soldados baluchis, setenta y cinco antiguos esclavos, cien porteadores más... Por la noche, los que pertenecieron al mismo dueño o son de la misma aldea se agrupan y comen juntos. Speke ha intentado mezclarlos para evitar rebeliones, pero no lo ha conseguido.

Por lo demás, tampoco él se mezcla mucho: pasa todo su tiempo con el capitán Grant. Grant es un hombre muy amable. Todavía no he hablado mucho con él, pero es afable y no se enoja nunca. A veces me recuerda a Speke al comienzo del primer viaje, cuando obedecía a Burton como un niño bueno. Espero el momento en que levante la voz.

Yo, tras la jornada de marcha, me reúno con Mabruki y Baraka. ¡Eso es! Baraka participa en el viaje. Antes de la partida, Speke me preguntó si conocía a alguien que hablara industaní para servir a Grant, y le propuse enseguida a Baraka. Pero, en el mismo momento en que pronuncié su nombre, supe que cometía un grave error. Desde entonces, debo recordar lo que le conté y ver si se corresponde con la realidad.

De momento, salgo bastante bien librado. No soy el guía de la expedición, pero he dicho a mi amigo que muy pronto iba a serlo. Cada noche, ayudo al verdadero guía, Said ben Salim, a distribuir su salario a los porteadores. Tras la partida, aconsejé a Speke que esperara el final del viaje para pagarles, para que no deserten como hicieron con Burton. El inglés me repuso que él no era Burton y se negó. No insistí: un grano de maíz tiene siempre las de perder ante una gallina.

Pero, desde entonces, algunos porteadores huyen casi cada noche. Me pregunto por qué el sahib rechaza mis consejos. Tal vez cree que, si los siguiera, daría la impresión de obedecerme. Y debe demostrar que es el jefe... Me pregunto si es un buen jefe...

Burton, en cambio, sabía escuchar a los granos de maíz.

Con respecto al primer viaje, no son la naturaleza ni los animales los que han cambiado, sino los hombres.

Los de la caravana y los de las aldeas cruzadas: desde hace varios días, los escasos habitantes que divisamos no nos saludan. Nos ven pasar como si tuviéramos una enfermedad grave, como si nos dirigiéramos a nuestra muerte.

* * *

Estoy sentado en el suelo, tras unas cajas amontonadas, con el fusil cargado en las rodillas.

La luna ilumina tan débilmente la sabana que casi no puedo ver nada. El canto de los grillos me acuna y tengo ganas de volver a acostarme, pero mi turno de guardia está sólo empezando. El fuego de campamento me calienta la espalda.

Me aburro.

Hace siete días que estamos detenidos en Jiwa-la-Mkoa, la «Roca-Redonda». Nos faltan porteadores para proseguir: casi todos han desertado. Speke ha enviado dos mensajeros a Kazeh para pedir a los mercaderes árabes sesenta hombres y alimentos. Tardan en regresar.

Anteayer, ordenó que se vigile día y noche el campamento. Hizo poner las cajas en círculo alrededor de las tiendas, para formar un pequeño muro. Ignoro lo que teme.

–Psstt... Ven a ver

El soldado baluchi que vigila el otro lado del campamento, con la bayoneta calada, me hace una señal para que me reúna con él.

–Escucha...

Ruido en las altas hierbas. No veo nada.

–¿Una leona que caza?

–No, tiene miedo del fuego.

–¿Hombres?

–¡Ve a despertar al bwana!

Me levanto, entro en la tienda, levanto la mosquitera, despierto a Speke y le explico lo de los ruidos.

–¡Da la alarma! –susurra– Pero en silencio, conservemos la ventaja de la sorpresa...

En pocos minutos, todos nuestros soldados están al acecho, escondidos detrás de las cajas. Los rumores en las hierbas han cesado. ¿Falsa alarma? Speke ordena permanecer en guardia. Los minutos pasan. Una hiena aúlla a lo lejos. Y, de nuevo, ruidos en las hierbas. A la izquierda, a la derecha y enfrente. Luego, unos gritos. Salen hombres de la maleza, se lanzan corriendo hacia el campamento. Vuelan las lanzas. Una de ellas cae cerca de mí.

–¡Fuego! –aúlla Speke.

Disparos, disparamos contra los asaltantes. Éstos, unos treinta hombres, parecen vacilar de pronto. Algunos se detienen incluso. Creían atacar por sorpresa un campamento dormido y ahora son ellos los sorprendidos. Nuestros disparos aumentan. He aquí a dos que huyen, luego cinco más, luego todos ponen pies en polvorosa como ratas en la espesura.

—¡Alto el fuego! —ordenó Speke— ¿Hay heridos?

No, por fortuna. Todo ha sido tan rápido que me pregunto, incluso, si el ataque se ha producido realmente. La lanza clavada en el suelo, a dos pasos de mí, me demuestra que sí.

El sahib Speke inspecciona el campamento. ¿Cómo ha sabido lo del ataque? A fin de cuentas, tal vez no sea tan mal jefe. Démosle tiempo para probarlo...

Reanudamos nuestra guardia hasta el amanecer.

Por la mañana, mientras desayuno, diez hombres vienen a nuestro encuentro con los brazos levantados en señal de paz. ¿Nuestros asaltantes nocturnos?

—Nuestro jefe quiere hablar con vosotros.

Se lo traduzco a Speke, que acepta.

El jefe en cuestión es un hombre joven de aire altivo. Nos sentamos, Speke, Grant, él y yo, en una tienda.

—Me llamo Manua Sera. La noche pasada os ataqué porque creía que erais árabes... No quería meterme con ustedes.

—¿Qué les reprocha a los árabes? —me hace preguntar Speke.

—Mi padre, Fundi Kira, era el jefe de la región. Yo le sucedí hace dos años, cuando murió. Y como los árabes ganan mucho dinero con las mercancías que hacen pasar por mi territorio, les hago pagar una tasa. Es justo que también yo gane algo de dinero, ¿no?

Speke mueve la cabeza de un modo que no quiere decir sí ni no.

–Los árabes se negaron y amenazaron con destronarme en beneficio de mi hermanastro Mkisiwa. Pero yo no podía tolerar ese comportamiento. No soy una mujer a quien puede tratarse con tanto desprecio. Llegamos pues a las manos: mataron a muchos de los míos y yo maté a muchos de los suyos. Para mi desgracia, me expulsaron de mi palacio. Para su desgracia, ignoraban que yo tenía muchos partidarios fieles. Desde entonces, saqueamos sus caravanas. Han jurado matarme, pero yo quiero la paz. ¿Puede usted ayudarme?

–¿Qué quiere que haga?

–Va usted a Kazeh, ¿no es cierto? Hable con los árabes y dígales que quiero la paz. Para ello, sólo tienen que devolverme mi trono. Y, para demostrarle mi buena fe, le haré un regalo. Hace dos días, capturé un desertor con un fardo de cuentas de cristal. Creo que es de los suyos.

Manua Sera llama a uno de sus lugartenientes:

–¡Trae al desertor!

Speke llama a Baraka y le ordena en industaní:

–Unos hombres traerán un desertor. Le darás cincuenta latigazos.

Tanto al desertor como a Speke, les servirá de lección.

Capítulo dos

Kazeh en la guerra
Un enojoso contratiempo
Baraka, el amigo que ya no lo es

Cuando llegamos a Kazeh, apenas habíamos dejado en el suelo nuestros fardos, recibimos la visita de Snay ben Amir y varios mercaderes. Aunque el anciano árabe guarde altivamente para sí sus sentimientos, los demás han perdido su arrogancia de hace dos años. En algunos siento, incluso, el miedo.

Speke me pide que traduzca.

–Sus dos mensajeros me avisaron de su llegada –explica el jeque Snay–. He retrasado la partida para haceros un buen recibimiento...

–¿Se va?

–Sí, parto a guerrear contra Manua Sera.

–Precisamente me he cruzado con él por el camino, hace unos días y...

–¡Haberle degollado! ¿No degolló usted a ese perro?

–... Y me encargó que le dijera que deseaba la paz.

–¡Demasiado tarde! Desde hace meses, ese bandido provoca nuestra ruina. Se nos acabó la paciencia. Puesto que sólo conoce el lenguaje de la fuerza, le hablaremos en ese lenguaje.

–¿No quiere intentar, más bien, la paz? –insiste Speke, para quien será más fácil encontrar porteadores en tiempos de paz.

–No, estaba a punto de partir al combate con cuatrocientos esclavos cuando supe su llegada. Sólo me he quedado para despedirme de usted.

–Aguarde al menos hasta mañana...

–No, mis hombres me esperan para una gran cena de buey, como exige su tradición antes de una batalla. Esta misma noche nos pondremos en camino. Y si Dios quiere venceremos. *Inch'Allah* !

–*Inch'Allah*! –responde sin vigor Speke, decepcionado al no haber podido evitar esa guerra que retrasará la expedición.

* * *

Kazeh ha cambiado mucho desde hace dos años: el olor del lujo ha desaparecido. En los jardines, los mercaderes no cultivan ya flores sino hortalizas. Algunos tembes han sido transformados en establos. El olor de los purines flota sobre el burgo.

* * *

Musa, uno de los traficantes que se ha quedado aquí, va a contar sus desgracias a Speke: puesto que Manua Sera dejó pasar durante mucho tiempo sus caravanas, los demás mercaderes sospecharon que proporcionaba pólvora a los rebeldes. Por ello desea abandonar Kazeh para ir hacia el norte y propone a Speke hacer una caravana común. Por lo demás, enviará reclutadores por la región para encontrar porteadores.

–¿Cuántos hombres necesitará usted? –pregunta.

–Al menos sesenta –responde el inglés, muy contento ante esa ganga.

* * *

Una semana en Kazeh, ya.

Jafu, otro mercader árabe, ha regresado de una gira de diez días por el distrito para buscar grano. La situación es catastrófica: debido a la guerra, faltan hombres en los campos y las cosechas son escasas. La hambruna mata por todas partes.

–Le aconsejo que aguarde el final de los combates antes de dirigirse al norte –avisa–. Suwarora, el príncipe de Usui, ha dicho que desollaría vivo a quien pasara por su territorio.

El inglés suelta una palabra en su lengua. Debe de ser un taco: diríase que escupe en el suelo.

* * *

Speke se agacha a la sombra de un baobab y traza un círculo en la arena. Dibuja luego un trazo que sale del círculo y sube hacia arriba. Luego, a una mano de distancia por debajo del círculo, un punto.

—Para responder a tu pregunta, he aquí mi plan. El círculo es el lago Victoria.

—¿Nyanza?

—Sí, pero ahora se llama Victoria.

No comprende por qué Speke le ha cambiado el nombre. ¿No estaba bien el que le dieron los africanos? El sahib Burton, en cambio, dejó su verdadero nombre al lago Tanganika.

—El trazo que sube, es el Nilo. Y este punto, debajo, es Kazeh.

Traza una línea que sale del punto y rodea el círculo por la izquierda.

—En cuanto tengamos porteadores, partiremos hacia el norte. Según lo que me han dicho los árabes, atravesaremos Uzinza, Usui, Karagué y Uganda.

—Pero, puesto que el príncipe de Usui no quiere vernos, mejor sería pasar por la derecha del lago, ¿no?

—No, pues es el país de los terribles guerreros massai. Son más peligrosos aún.

—¿Y navegando por el lago?

—Se necesitarían grandes embarcaciones para transportar todas nuestras mercancías, y no las tenemos.

Speke prosigue su curva hasta lo alto del círculo, donde comienza el trazo que sube.

–Si tengo razón, aquí, en Uganda, el Nilo sale del lago. Luego sólo tendremos que seguir su curso hasta Egipto.

–¿El país de arena?

–¿El qué?...

–¿El país donde sólo hay arena amarilla?

–Hum... sí, eso es.

–¿Y luego regresaremos a casa por el mismo camino?

–No, sería demasiado largo. Tú, Baraka, Mabruki y los demás, regresaréis en barco a Zanzíbar. Grant y yo, a Inglaterra.

* * *

Quince días desde nuestra llegada.

Nos llegan noticias de la guerra.

El ejército del jeque Snay rodeó a Manua Sera en una aldea, como se les escapó, los árabes, furiosos, llevaron la devastación a la aldea y el distrito. Matan a las hombres y mandan a las mujeres, los niños y el ganado a Kazeh.

Nunca me han gustado los mercaderes y hoy me gustan menos aún. Sin embargo, guardo para mí mis sentimientos pues, de momento, sólo ellos pueden ayudarnos a encontrar porteadores.

«No insultes al cocodrilo antes de haber cruzado el río.»

Pero de todos modos, no me gustan.

115

* * *

Puesto que los reclutadores de Musa tardan en regresar, Speke y Grant se fueron durante una semana a cazar el antílope negro. Grant regresó con fuertes fiebres. Nuestro guía Said ben Salim está también enfermo. Y los soldados hotentotes, lo mismo. No soportan el sol de esta región de África. Uno de ellos durmió la siesta sin protegerse la cabeza: al despertar, estaba tan mal que murió por ello.

* * *

Un mes y medio después de nuestra llegada: jornada de llanto en Kazeh. Cuando Snay y sus hombres iban a socorrer una caravana atacada, el ejército rebelde se arrojó sobre ellos. Muchos esclavos murieron bajo una lluvia de lanzas. El jeque, tras haber intentado huir sin éxito, llamó a su servidor:

–Soy demasiado viejo para correr. Toma mi fusil, te lo doy como recuerdo. Yo me acostaré aquí y esperaré lo que Alá haya decidido para mí.

Desde entonces no se le ha vuelto a ver.

Toda la región de Ugogo se ha rebelado ahora. Manua Sera habla de marchar sobre Kazeh.

Nuestra situación se hace cada vez más crítica: no podemos avanzar ni retroceder. Y si nos quedamos, seremos atacados.

* * *

Los reclutadores del mercader Musa han regresado con treinta y nueve porteadores. ¡Sólo treinta y nueve!

–Teníamos ciento veinte pero, al acercarnos a Kazeh, los desastres de la guerra les han asustado. Todos se dispersaron, salvo éstos que hay aquí.

Speke se reúne con Grant, luego me anuncia su decisión:

–Partimos.

–Pero nos faltan hombres...

–De hecho, tú te quedas aquí con el mercader Musa. Guardarás parte del cargamento. Entretanto, yo iré hacia el norte con el capitán Grant, los treinta y nueve porteadores y el resto de la carga. Allí, yo mismo buscaré más hombres. Te los enviaré y tú te reunirás con nosotros llevando el resto del cargamento.

–Pero, sahib, necesita usted un intérprete.

–Baraka será mi intérprete.

–¿Baraka? Pero si no sabe nada... Ni siquiera participó en la primera expedición. ¡Su intérprete soy yo!

–Vigilar el cargamento es una misión de confianza, Bombay, y por eso te la encargo...

Tengo sobre todo la impresión de que Baraka está robándome el puesto.

* * *

Quince días desde la partida de Speke y los demás.

Me pregunto qué están haciendo allí, cómo se las arreglan sin mí. Les imagino marchando hacia el lago. Sin duda cruzan pequeñas aldeas y bosques. ¿Se parecerán las chozas a los tembes de Kazeh? ¿Cómo se deja sentir el hambre? ¿Y qué animales encuentran en la selva y la sabana? ¿Habrá visto Speke un rinoceronte? Hace tanto tiempo que quiere cazar uno...

Me gustaría tanto estar con ellos.

Es curioso: hace cuatro años, cuando el sahib Burton me contrató para el primer viaje, yo tenía sobre todo ganas de dormir a la sombra de un cocotero y de beber vino de palma. Hoy, cuando no sé qué hacer, quisiera caminar, ver de nuevo el gran lago, descubrir Karagué –me han contado cosas muy chuscas sobre las mujeres de ese país. Y me gustaría tanto divisar ese río que los blancos buscan desde hace tanto tiempo, bañarme en sus aguas y seguir su curso hasta el país de arena, que debe de ser maravilloso.

Mis pies son pesados porque permanecen aquí.

* * *

Por fin han llegado algunos porteadores.

Puesto que el mercader Musa está muy enfermo, lo dejo en Kazeh y parto con mi pequeña caravana hacia Mininga, donde me reúno con Speke y los demás. Pero allí, nuestros hombres tienen miedo y se niegan a proseguir: algunos viajeros llegados de Usui han confirmado que el príncipe Suwarora ha construido fortalezas en la frontera y que maltrata a los extranjeros. Speke decide regresar a Kazeh para pedir a Musa cincuenta esclavos, que pagará. Entretanto, Grant se quedará en Mininga con las mercancías.

Mi opinión no tiene importancia alguna, pero no creo que regresando allí tengamos más posibilidades de encontrar porteadores. De hecho, tengo la impresión de que Speke no sabe ya qué intentar para salir bien librado.

* * *

Regreso a Kazeh, pues, tres meses después de nuestra primera llegada. Evidentemente, ninguno de los esclavos de Musa quiere acompañarme.

Nada se arregla; hagamos lo que hagamos, nada se arregla.

–¿Ha regresado usted? ¡Qué alegría! Al parecer necesita porteadores. Podemos procurárselos, pero tendría que ayudarme a hacer la paz con Manua Sera...

Varios mercaderes árabes, temblando de miedo ante el avance del jefe rebelde, han ido al encuentro de Speke. Es divertido verles: en su primer viaje, despreciaban al inglés más que a un perro cojo, porque no hablaba el árabe y sólo le interesaba la caza. Y heles aquí, ahora, implorantes, ¡casi de rodillas!

Para obtener los valiosos porteadores, Speke acepta enviar una delegación de paz a Manua Sera. Se la confía a Baraka. ¿Baraka?...

* * *

Ayer, Baraka regresó triunfalmente con dos ministros del jefe rebelde, uno de ellos tuerto.

Hoy, estamos todos reunidos en un gran tembe, los traficantes árabes, la gente de la expedición y los dos ministros: escuchamos las proposiciones de paz que Baraka hace en nombre de Speke. Yo no escucho, reflexiono, pienso en mi antiguo'amigo, en aquél a quien hice entrar en la caravana. Le veo hablar en nombre del inglés, ser su intérprete, al que se envía a las misiones difíciles.

No estoy orgulloso de ello, pero soy muy envidioso.

Tras las proposiciones de paz, los dos ministros se retiran para discutir. Me acerco a Baraka, que habla en industaní con Speke.

–¡Vete a dar una vuelta! –me suelta en swahili– No es muy educado escuchar a la gente. Tengo cosas importantes que decir a mi amigo el sahib.

¡Pero... si es una orden! Eso no es bueno, no es bueno en absoluto. Me alejo un poco, hirviendo de cólera: él, mi viejo amigo, me da órdenes como a un esclavo. Sé que está tramando algo para arrebatarme definitivamente el puesto...

Cuando ha terminado con Speke, le interpelo en swahili:

–Eh, Baraka, ¿no estarás robándome un poco el puesto? ¿Qué le has contado al sahib para convertirte en su intérprete?

–Nada. Nada en absoluto. Él solo vio que soy más inteligente que tú. No tuve que inventar nada para hacerme el interesante.

–¿Inventar?

–Árboles de arena, por ejemplo.

–Ah, ya comprendo... Me estás haciendo pagar mis errores. Gracias, amigo mío, por recordármelo. Pero ten mucho cuidado de no cometerlos tú mismo, ten mucho cuidado...

* * *

Un mensajero del príncipe Suwarora ha llegado a Kazeh. Quiere saber por Musa, al que conoce personalmente, si los árabes albergan contra él sentimientos hostiles. Desea que una delegación vaya a tranquilizarles.

El mercader Musa, cada vez más enfermo, propone a Speke que lleve la respuesta en su lugar. Seremos, así, bien recibidos. Eso nos supone una preocupación menos.

Queda el problema de los porteadores.

* * *

La noche está muy avanzada. Cantos lúgubres se elevan de Kazeh. Los he oído ya en alguna parte, ¿pero cuándo? Speke nos ha reunido con toda urgencia. Por la tarde, todo se ha acelerado: el ministro tuerto ha anunciado de pronto que no había ya tratado de paz y ha huido disparando tras de sí una flecha.

–Partimos mañana al amanecer –explica el inglés.

Baraka traduce y yo rabio –me pregunto qué le habrá contado a Speke para obtener mi puesto. ¿Le habrá hablado de esos estúpidos cangrejos imaginarios y otras animaladas de arena? Espero que no.

–Said ben Salim, eres nuestro guía pero estás demasiado enfermo para proseguir: volverás a Zanzíbar en cuanto las caravanas pasen de nuevo. Llevarás contigo a los soldados hotentotes, demasiado débiles también para proseguir. Los demás salimos hacia Mininga. Encontraremos allí al capitán Grant y el cargamento. Reclutaré porteadores y, luego, proseguiremos hacia Uzinza, Usui, Karagué y Uganda.

De pronto, recuerdo dónde había oído antes esos siniestros cantos: fue aquí mismo, en Kazeh, hace tres meses y medio, la noche de nuestra llegada.

En alguna parte de la ciudad, los mercaderes árabes y sus esclavos están haciendo una cena de buey. Mañana irán a combatir al temible Manua Sera.

Capítulo tres

En marcha hacia el norte
El kaquenzingiriri contra el hongo
«Encuentro» con el príncipe Suwarora

Pie derecho, pie izquierdo, pie derecho...

Me satisface reemprender el camino.

El sol es cálido y el sendero pedregoso bajo mis pies desnudos, pero me gusta. El bosque y los campos se suceden. Atravesamos llanuras donde crece una palmera llamada pan de especias. No es el camino de hace tres años, cuando descubrimos el Nyanza: hoy vamos hacia el oeste, para rodear el lago.

Pie izquierdo, pie derecho, pie izquierdo...

En Mininga, encontramos al capitán Grant y el material. Speke consigue contratar porteadores, pero como tienen miedo del príncipe Suwarora, se niegan a marchar más de dos días y exigen, por cada jornada, diez collares de cuentas por hombre –diez veces lo que pagan los árabes. Speke gruñe, pero no tenemos elección: debemos avanzar.

Pie derecho, pie izquierdo, pie derecho...

Parada en la aldea de Nunga. Puesto que los porteadores se niegan a proseguir, Speke sigue como explorador. Toma consigo a Baraka –¡hijo de chacal!– y me deja aquí con Grant y el cargamento. Lo único interesante de la aldea es su jefe, un anciano de pelo blanco respetado por sus súbditos y por sus cuatro esposas. Basta con ver su choza para comprender por qué: en la empalizada, las manos y los cráneos de aquéllos a quienes ha ordenado ejecutar como ejemplo.

Por miedo a cometer una fatal tontería, permanezco muy a menudo con el capitán Grant. Ese hombre me hace pensar en los cortinajes que hay en casa del sultán de Zanzíbar. Son tan finos, tan ligeros y leves que se ve a su través y se olvida incluso su existencia. Grant es igual: es tan amable, obedece siempre sin refunfuñar, no se queja nunca de las fiebres ni la fatiga, se le oye tan poco que olvidas que existe. Espero el momento en que el velo se desgarre y muestre otro rostro, como ocurrió con Speke y con Baraka-la-hiena.

He aquí que, tras quince días de espera, regresan.

–¡Una catástrofe! –se lamenta el inglés– Quedamos bloqueados en la aldea del jefe Makaka. Para dejarnos pasar, exigía un regalo, el hongo como lo llaman. Ninguna de las telas que yo le ofrecía estaba bastante bien. Quería un deolé, uno de esos magníficos echarpes de seda que guardo para los príncipes y los reyes. ¡Pero no para los jefezuelos! Le he dicho que no teníamos, pero Baraka creyó oportuno añadir que, tal vez, buscando bien... Tras semejante confesión, era inútil resistir.

Echo una ojeada a Baraka, bastante contento de su torpeza.

–Y todo para nada: no hemos encontrado porteadores. De modo que cambié mi plan. Quise enviar a Baraka con una misión al príncipe Suwarora, para que nos mandara ochenta porteadores. Pero Baraka tuvo miedo de ir y me vi obligado a enviar, en su lugar, a Makinga, uno de nuestros antiguos porteadores.

Miro a Baraka-el-escarabajo pelotero-torpe-y-cobarde, con tanta fuerza como puedo. Me gustaría tanto que volviera la cabeza hacia mí y, luego, bajara la mirada, pero no lo hace.

–¿Qué hacemos entretanto? –pregunta Grant.

–Usted se queda aquí y yo regreso a Kazeh. Un viajero me ha indicado que el mercader Musa había sucumbido a su enfermedad. Sus esclavos son libres pues. Tal vez nos acompañen al norte...

El inglés se vuelve hacia mí.

–Tú vienes conmigo.

–¿Yo? –digo falsamente extrañado y realmente feliz.

Baraka clava por fin los ojos en el suelo, vencido.

«La mosca puede volar tanto como quiera, nunca se convertirá en un pájaro.»

* * *

Pie derecho, pie izquierdo, pie derecho...

Esta vez, nos dirigimos de veras hacia el norte.

Tras un rápido regreso a Kazeh, por fin tenemos porteadores bastantes para seguir adelante. También encontramos a Nasib, un viejo guía árabe que ha ido varias veces a Uganda. Él nos conduce a través de las campiñas y los bosques de Uzinza. Cada paso nos acerca al misterioso río y al país de arena. Estoy impaciente por verlo.

Tanto más cuanto el cielo se aclara sobre nuestras cabezas: el príncipe Suwarora nos ha enviado cuatro mensajeros para decirnos que, aunque no pudiera proporcionarnos los ochenta hombres pedidos, nos recibiría de muy buena gana. Nos ha hecho llegar también un kaquenzingiriri, una larga varilla de bronce con talismanes colgando alrededor, para que nos ayude a hacernos respetar por el camino.

A pesar de todas esas buenas señales, el sahib está muy inquieto: desde nuestra partida de Zanzíbar, más de la mitad de nuestras mercancías ha sido gastada o robada por los desertores, y otra parte acaba de ser hurtada a Grant mientras regresábamos de Kazeh. ¿Tendremos bastante para llegar hasta el fin? Pues sin cuentas de cristal ni telas, se acabaron los porteadores y la comida, se acabó pues la expedición...

Al acercarnos a cada aldea, la inquietud del sahib aumenta un poco más.

Así es como ocurre: el jefe de la aldea, con una gran sonrisa en los labios, nos desea la bienvenida y nos ofrece una vaca. Una vaca flaca, sólo con la piel y los huesos y unas ubres secas como una calabaza vacía. A cambio, nos pide, si es posible, un regalito, apenas un minúsculo recuerdo de nuestro paso. Speke toma algunas telas en un fardo y se las tiende con ceremonia, como si se tratara de la cosa más hermosa del mundo. El jefe de la aldea echa una ojeada y las rechaza.

—Estoy un poco decepcionado. Le ofrezco la mejor vaca de la región y usted me da ese trapo. ¿Acaso no tiene más valor nuestra amistad? Speke suelta una tosecilla, incómodo, luego añade otros pedazos de tela. El jefe de la aldea los rechaza, con desdén esta vez.

—No solicitaba gran cosa, pero así me siento humillado. Quédese con la vaca, es suya. Volveremos a vernos mañana. Tal vez haya recuperado la generosidad...

Al día siguiente, el jefe de la aldea vuelve a la carga. Speke le recibe con el kaquenzingiriri en la mano -nunca se sabe, eso puede impresionarle, aunque los talismanes no tienen todos sus poderes, pues no estamos todavía en el país de Suwarora. Speke ofrece siempre más tela y, también, collares de cuentas e hilo de latón. El jefe vacila, explica que no es posible comprar una vaca al precio de una cabra; se va, regresa luego. La cosa puede durar horas y horas.

Finalmente, recupera la sonrisa y anuncia:

—A mi esposa sus regalos le parecen muy hermosos y me dice que los acepte.

Speke, aliviado, se dispone a levantarse: es ya hora de ponerse en marcha.

–Y ahora que hemos terminado con los regalos de mi esposa –prosigue el jefe–, hablemos de los míos...

Entonces, loco de rabia, el inglés abandona y me deja proseguir solo las negociaciones –a mí, no a Baraka-el-ñu-destituido. No sé cómo son las cosas en el país de Speke –me ha dicho que los objetos tenían un precio, los comprabas o no, pero que no perdías el tiempo en discusiones–, no sé cómo ocurre allí, pero le cuesta comprender que aquí las negociaciones son un juego. Es un modo de conocerse, de medirse con el otro, de ganar un poco más con ciertos ardides, incomodando, fingiendo que te vas para regresar luego... Por fin, siempre te pones de acuerdo en el precio, te estrechas la palma, bebes vino de palma y los tam-tam anuncian la buena nueva a la aldea.

En la región de Uzinza, jugamos a ese jueguecito con Lumeresi, uno de los principales reyezuelos del lugar, luego con Pongo, un jefe de distrito muy duro de pelar en los negocios, luego con N'yaruwamba, el jefe del siguiente distrito, que rechazaba siempre lo que antes había aceptado –y eso es deshonesto.

A pesar de esas largas paradas, avanzamos y nos acercamos a la frontera con Usui. Allí, todo será más fácil. Los cuatro mensajeros de Suwarora nos dijeron que el príncipe no nos haría pagar nada: sólo quiere vernos.

* * *

—¡Dile a tu bwana que debe pagarme!

—¡Pero si vuestro príncipe dijo que no pediría nada!

—Él no, pero a nosotros tienen que pagarnos por nuestra misión.

Acabamos de entrar en Usui, y los mensajeros intervienen a su vez.

—¡Nunca! –se enoja Speke– Les pagaré cuando nos hayan llevado hasta su Suwarora. ¡No antes!

Los mensajeros amenazan:

—Queremos un brazalete de cuentas por persona, ¡y enseguida! De lo contrario, haremos que les retengan aquí durante un mes...

Ante semejante chantaje, Speke sólo puede pagar.

Reemprendemos la marcha. Atravesamos una gran selva por la que damos largos rodeos, desembocamos luego en unos campos. Sólo las colinas, redondeadas y cubiertas de maleza, no están cultivadas. En plena plantación de bananos se ocultan unos poblados hechos con chozas de hierbas.

—¡Quiero un hongo! –grita el jefe del distrito.

El jefe es también un brujo: lleva en la frente un pedazo de caracola y un pequeño cuerno de oveja en la sien. Ejerce su magia al pie de un árbol del que cuelga una cornamenta de búfalo lleno de polvo sagrado. Una pezuña de cebra, colgada de un cordel, pende sobre un recipiente de agua hundido en la tierra.

—Extraño lugar para la magia –ironiza Speke.

–Muy bien –le responde el jefe brujo–, puesto que es usted capaz de una mayor magia, haga que brote un manantial del suelo.

El sahib reflexiona y me hace responder:

–Lo haré, pero antes, déme usted ejemplo.

El brujo se queda sin palabras y, para no quedar en ridículo, nos deja pasar sin pagar. Escalamos una montaña bastante alta y, en la cumbre, damos con unos oficiales del ejército de Suwarora que –¡qué originalidad!– exigen derechos de paso. Normalmente, el kaquenzingiriri debería permitirnos proseguir sin pagar, pero los oficiales no lo entienden de ese modo. Speke, más irritado que nunca, paga prometiendo quejarse al príncipe.

Descendemos la montaña, atravesamos un valle embarrado, escalamos luego una segunda montaña. Al otro lado, al fondo de un segundo valle, un gran burgo formado por anchas chozas muy separadas. En el centro, rodeado por una triple cerca de matorrales espinosos, una choza tres veces mayor que las demás: el palacio de Suwarora.

Se nos dice que nos instalemos algo apartados, junto a las viviendas de los servidores, a la espera de ser recibidos por el príncipe.

Al anochecer, nos visita un mensajero de Uganda. Ha llegado hasta aquí para pedir, en nombre de su rey, la mano de la hija de Suwarora, conocida por su maravillosa belleza. Pero la infeliz acaba de morir y el príncipe, por temor al rey Mtesa, intenta substituirla por un lote de alambre de cobre.

–Apuesto la cabeza a que Suwarora no cumplirá sus promesas –refunfuña Speke–. Tendremos que pagar nuestra parte del alambre...

Al día siguiente, en efecto, vienen a vernos los negociadores del príncipe. Tras quince días de discusiones, el hongo se eleva a cincuenta rollos de alambre de latón, veinte de buena tela, cien cordones y cuatro mil kutuamnasi, que son cuentas de cristal transparente. Más treinta y cuatro rollos de alambre de latón y seis de tela más, para los hijos del príncipe.

–Pueden proseguir su camino –anuncia uno de los negociadores–. Una escolta les acompañará hasta la frontera de Karagué.

–Pero... no hemos visto al príncipe.

–Tal vez les reciba la próxima vez.

Al día siguiente, levantamos el campo y nos ponemos en marcha hacia el norte, cruzamos la otra montaña que domina el valle y penetramos luego en una hermosa y espesa selva. Graciosas palmeras, huertos de bananos, cardos silvestres la convierten en un lugar maravilloso. Un río de transparentes aguas corre hacia el este, hacia el lago Nyanza.

De pronto, un pájaro khongota atraviesa el sendero. Nasib, nuestro anciano guía, exclama en árabe:

–¡Eso es señal de feliz viaje!

Traduzco al industaní, pero Speke no reacciona.

Perdido en sus preocupaciones, se muerde nerviosamente el labio inferior. Cierto es que nuestra situación no es gloriosa. Yo mismo comienzo a inquietarme mucho: al ritmo en que desaparecen nuestras mercancías, apenas tendremos bastantes para cruzar el país de Karagué y, tal vez, Uganda. ¿Pero que será luego de nosotros?

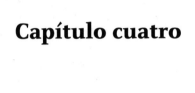

Capítulo cuatro

Capítulo cuarto

Un recibimiento digno de un rey
Extrañas costumbres
Cacería de rinocerontes
¡Ya le dije que era buena señal!

Como si le hubiera picado una mosca, el viejo Nasib levanta los brazos al cielo y echa a correr ante sí. Más adelante, en el sendero, otro hombre levanta también los brazos al cielo. Ambos se reúnen, se abrazan, se palmean la espalda, luego regresan lentamente, discutiendo.

–¡Es mi amigo Kachuchu! –exclama Nasib– Le conocí aquí en un anterior viaje.

Traduzco para Speke y Grant.

–Ya les dije ayer que el pájaro khongota era señal de viaje feliz –prosigue–. Rumanika, el rey de Karagué, nos ha enviado a Kachuchu. Por aquí todo se sabe muy pronto. El rey quiere recibir a los dos hombres blancos en su palacio. Kachuchu dice que no tendrán que pagar tasa alguna. En los poblados, los jefes les darán incluso toda la comida que necesiten y el rey la pagará.

Speke esboza una tímida sonrisa: las falsas promesas de Suwarora se agitan sin duda aún en su cabeza. «El que ha sido mordido por una serpiente desconfía de una oruga.»

La caravana se pone en marcha, guiada por Kachuchu. De las ochenta personas que la forman aún no somos ya muchos los que procedemos de Zanzíbar. Están Speke y Grant, unos veinte soldados baluchis, Mabruki y su tamtam, Baraka, yo, y eso es todo, poco más o menos. El viejo Nasib, por su parte, sólo se nos unió en Kazeh. Por lo que a los porteadores se refiere, nos acompañan durante unos días y, luego, regresan a su casa; y nosotros contratamos otros.

Karagué es un hermoso país. A nuestra izquierda se elevan cumbres bastante altas: las montañas de la Luna. Los hierbajos cubren las laderas. Speke observa con ganas los rinocerontes que se refugian en las espesuras de acacias. A la derecha, rebaños de topis ramonean apaciblemente en los valles. Son antílopes grandes y gordos. El lago Nyanza está mucho más lejos, a la derecha, demasiado lejos para que lo veamos.

De pronto, gritos a mi espalda. Hombres y mujeres se nos acercan corriendo y nos sobrepasan; un largo cortejo ruidoso. En cabeza, cuatro hombres llevan en sus hombros un ancho rollo de cuero negro. En el interior adivino, sobresaliendo, la cabeza de una mujer.

—Se ha casado esta mañana –me explica Kachuchu–. Los hombres del poblado la han envuelto en una piel y corren a depositarla en el lecho del novio. Esa es la tradición.

Kachuchu inclina la cabeza para ver mejor a la recién casada.

−¡Es hermosa! Ha debido de costar cara.

−¿Cara?

−Un hombre que quiere casarse debe dar vacas y corderos al padre de su futura mujer.

−¿Y si la mujer no es feliz?

−Puede abandonar a su marido pero debe devolver las vacas y los corderos.

En el siguiente poblado, encontramos de nuevo el cortejo. El jefe, en cuanto conoce nuestra llegada, acude con corderos, aves de corral y batatas. No pide nada a cambio. Speke le ofrece, de todos modos, un poco de tela roja, que el jefe acepta casi excusándose. Es un recibimiento tan relajante como una buena siesta.

Nasib tenía razón: el rey lo paga todo por nosotros. Me pregunto qué oculta tanta amabilidad.

* * *

Rumanika, sentado en el suelo con las piernas cruzadas, se encuentra en una amplia choza. De gran talla y noble aspecto, viste una simple choga negra, que es un amplio manto. Por todo ornamento lleva unos calzones de ceremonia, de cuentas coloreadas, y pulseras de cobre bellamente cinceladas. Su hermano Nnanaji es un gran doctor envuelto en una tela a cuadros, en la que se han cosido algunos talismanes. A su lado, largas pipas de arcilla negra.

—¡Sean bienvenidos!

El rey se esfuerza por hablar en swahili. Le comprendo pues perfectamente y traduzco para Speke y Grant.

—¿Qué impresión han tenido ustedes viendo Karagué y sus montañas? —pregunta orgullosamente Su Majestad— ¿No son las más hermosas del mundo?

Prudentemente sentados detrás del rey, seis chiquillos tienen su mismo rostro oval y sus mismos ojazos inteligentes. Son sus hijos. Vestidos con un taparrabos de cuero, llevan anudado bajo el mentón un pequeño talismán que debe procurarles buenos sueños.

¿Y qué les ha parecido Usui?

El rey sonríe: está claro que sabe ya el detestable recibimiento que nos ha reservado Suwarora. Speke responde que si todas esas tasas no existieran, sería mucho mejor para el comercio.

—Pero ustedes —prosigue el rey—, ¿a qué clase de comercio se dedican?

Speke le habla del Nilo, del lago Nyanza Victoria, de la guerra en Kazeh, de Uganda adonde vamos para ver el nacimiento del río.

Al rey le intriga que se acuda de tan lejos para ver un río.

—¿Pero cómo lo hacen para conocer su camino y saber dónde están?

El inglés le muestra una brújula y el instrumento para medir la altura del sol en el cielo.

–¿Pero el sol –se pregunta el rey–, es el mismo que sale cada mañana o nace a cada aurora un nuevo astro?

Speke le explica que el sol es una bola de fuego y la tierra una bola de roca que gira sobre sí misma, y que por esta razón hay día y noche. El rey se siente realmente muy interesado –y yo también.

–¿Y qué tamaño tiene la Tierra, con respecto a Karagué?

El sahib le habla sobre los continentes y los océanos, el tamaño de cada uno de ellos, los barcos que navegan por los mares, tan grandes que cada uno puede transportar varios elefantes.

Fuera, la noche cae ya, es hora de instalar el campamento.

–Mañana me contará usted el resto –anuncia Su Majestad–. Me han dicho ustedes que iban a Uganda. No se puede entrar allí sin ser anunciado. Enviaré pues un mensajero a mi amigo Mtesa, el rey de Uganda. Para ir y volver necesitará un mes. Podremos seguir hablando de esas cosas tan interesantes.

* * *

Nos aguardan unas canoas a orillas de un pequeño lago. Son tan cortas que sólo dos personas pueden embarcar, además de los dos remeros. Los ingleses van en una canoa, Baraka-el-lagarto-que-se-creía-cocodrilo y yo en otra.

Puesto que me niego a hablar con mi compañero de piragua –mal perdedor, me busca las cosquillas cada vez que puede, como el otro día, cuando quiso hacer creer a los ingleses que yo robaba cuentas de los fardos y tuve que utilizar los puños para defender mi honor–, como me niego a hablar con él, pues, observo el paisaje. Los remeros se abren camino, primero, a través de un bosque de cañas, que nos lleva al agua abierta. La vista es magnífica: un espeso césped cubre las montañas que rodean el pequeño lago. Aquí y allá, bosquecillos de acacias cuya forma recuerda las nubes.

En su canoa, Speke toma notas y hace dibujos. Él ha solicitado visitar las montañas de la Luna y sus ríos. Le servirá para hacer un mapa del país. Para que todo estuviera perfectamente organizado, el rey nos ha precedido por la mañana.

Los remeros remontan la corriente de un pequeño río hasta un segundo lago, al pie de la montaña Moga-Namirinzi. Una última palada y llegamos a una playa. Varias hileras de espectadores nos aclaman con respeto. Speke baja de la canoa, orgulloso como un soberano. A los sones de una música ensordecedora, subimos hacia una gran choza llamada «palacio de las fronteras». Rumanika nos aguarda allí para una comida de plátanos cocidos y cerveza pombe.

A los postres, mientras el rey y los ingleses fuman en pipa, Su Majestad explica los ríos que bajan de las montañas de la Luna, cuenta cómo se reúnen y forman pequeños lagos, de los que sale otro río que fluye hacia el gran lago Nyanza.

–Y más al norte –pregunta Speke–, ¿hay ríos que salgan del lago Victoria... Nyanza?

Rumanika responde que, efectivamente, en Uganda, varios ríos salen del lago.

–¿Está usted seguro de que salen? –insiste febrilmente el inglés– ¿De que abandonan el lago y no que se vierten en él?

El rey confirma la dirección de los ríos. Speke, muy alegre, se vuelve entonces hacia Grant y le dice unas palabras en su lengua. Luego brinca como un mono.

–¡Voy a enseñarle algo!

Corre a tomar de sus cosas un pequeño recipiente y otros objetos. Llena el recipiente de agua y lo pone sobre el fuego que ha servido para cocer los plátanos.

–Mire, Majestad, voy a medir ante usted la altitud del palacio de las fronteras. En primer lugar, meto el termómetro en el agua y espero a que hierva.

Cuando aparecen las primeras burbujas en el fondo del recipiente, toma el termómetro y lee la temperatura.

–A nivel del mar, el agua hierve a cien grados Celsius. Pero cuanto más se sube, más baja la temperatura de ebullición. Aquí, el agua hierve a sólo noventa y seis grados.

El inglés saca su cuaderno y lo hojea hasta encontrar una página cubierta de cifras.

–Según mi cuadro, cuando el agua hierve a noventa y seis grados la altura es de mil doscientos metros sobre el nivel del mar .

Ignoro si Su Majestad habrá comprendido algo; ni se inmuta.

–¿Escribirá usted eso en su cuaderno?

–Claro está.

–Muy bien, eso está muy bien –se felicita el soberano, contento de que le recuerden.

* * *

Hay algo muy curioso en el país de Karagué. En Kazeh, el mercader Musa nos había hablado de ello, pero a Speke le costaba creerlo. Quiere verificarlo con sus propios ojos.

Visitamos pues a una cuñada del rey. Está sentada en el centro de su choza, desnuda por completo, y la cosa supera todo lo que yo pude imaginar.

La muchacha es tan gorda que no puede mantenerse de pie. Ni siquiera consigo reconocer sus formas: sus pliegues se mezclan, los pechos, el vientre, los muslos, los grasientos colgajos bajo sus brazos. A su alrededor han colocado botes de leche.

Para mostrar que forman parte de la familia real, las muchachas de Karagué deben ser enormes. De modo que, desde su más tierna edad, las atiborran de leche: su padre, con la vara en la mano, las castiga cuando no beben bastante.

La cuñada del rey sólo tiene dieciséis años, pero ya tan solo puede moverse a cuatro patas, como un hipopótamo. Speke le pide autorización para medir el contorno de su brazo, de su vientre, del muslo y la pantorrilla. Orgullosa de sus regias formas, la muchacha acepta complacida. Su muslo es tan grande como mi propio vientre, y tras una buena comida. Cuando nos separamos de ella, toma un bote de leche y bebe unos tragos para aumentar su belleza.

* * *

También el hombre blanco tiene curiosas y sorprendentes costumbres.

El otro día, puesto que el mensajero no había regresado aún de Uganda, Speke me pidió que le acompañara por la campiña de Karagué, con un guía del rey. Caminamos varias horas y volvimos al pequeño lago. Allí, nuestro guía escrutó largo rato los alrededores, se dirigió hacia un amplio bosquecillo de acacias, luego hacia otro bosquecillo, algo más lejos. Examinó el suelo en busca de huellas, se acercó a una tercera espesura y nos indicó por signos que nos reuniéramos con él.

–¡Por allí! –le dije a Speke.

El inglés se puso el dedo en la boca para hacerme callar. Cargó tres fusiles, me dio uno, otro al guía y se quedó con el último.

La espesura era tan densa que resultaba imposible penetrar en ella, salvo por tres o cuatro estrechos pasos. Speke se agachó y entró en uno de ellos, haciéndonos señales de que le siguiéramos. Fui reculando: sabía lo que nos aguardaba en el interior y no me atraía en absoluto.

Hacía mucho calor y el sudor me caía en los ojos.

A cada lado del paso, había un muro de púas.

De pronto, ante nosotros, se escuchó un ruido sordo, un jadeo.

Speke se detuvo y el tiempo también. Me hubiera gustado estar en otra parte, no importa dónde pero no aquí.

El animal apareció entonces. Ancho como el paso. Una hembra inmensa, más alta que un hombre, con dos largos cuernos en el hocico. Gruñó, pataleó. Estábamos demasiado cerca: iba a cargar. Speke se llevó el fusil al hombro. De pronto, el animal corrió hacia nosotros. Speke disparó. Tocado en la frente, el animal prosiguió su carrera desviándose levemente a la derecha. En un reflejo, el inglés se arrojó hacia la izquierda, en las acacias. Detrás, el guía y yo le imitamos. Las púas me desgarraban el rostro, pero ni siquiera lo advertía. Tenía tanto miedo que sólo pensaba en el animal que me había rozado al pasar. Detrás de él, tan aterrorizado como yo, le seguía una cría.

—¡Venid! —ordenó Speke.

Salimos de la maleza. La hembra herida y su cría huían a campo abierto, en busca de otro bosquecillo donde refugiarse. El inglés corría tras ellos. Me pregunto por qué caza rinocerontes: su carne ni siquiera es buena. Creo que le gusta tener miedo. Reconozco que se necesita valor para enfrentarse con semejantes monstruos, pero, ¿de qué sirve ese valor?

Speke hirió por segunda vez al animal, que trepó con su cría hacia las montañas, hacia un bosquecillo tan denso como el primero y que tapaba la entrada de un estrecho hoyo. Allí había otros tres rinocerontes. En cuanto nos olieron, cargaron de frente.

Speke disparó contra uno de ellos, que se derrumbó tras dar unos pasos. Se apoderó de mi fusil y disparó sobre el segundo rinoceronte, pero falló. Nos arrojamos al suelo para evitarlo. El inglés tomó el fusil del guía y volvió a disparar. Pero las dos bestias estaban ahora demasiado lejos, bajando por la pendiente sin poder detenerse.

La hembra herida y su cría habían desaparecido.

El sahib se acercó al rinoceronte muerto. Muy satisfecho, lo observó y lo midió. Me explicó que, en su país, su casa estaba llena de animales muertos cuya carne había sido substituida por paja. Está muy orgulloso de ello. No comprendo de qué sirve eso.

–Lástima que no pueda llevarme éste a casa –se lamentó–. Le cortaremos la cabeza y se la ofreceremos como regalo a Rumanika. Los hombres blancos tienen curiosas costumbres.

* * *

A menudo, el rey y el inglés se encuentran y discuten. Hablan de sus dos países, de la historia, de las tradiciones. Traduzco.

–Pero usted, Majestad, ¿cómo llegó a ser rey?

–Cuando murió mi padre, Dagara, su cadáver fue envuelto en una piel de vaca. Tres días más tarde, tres de los gusanos que había engendrado fueron tomados y colocados en palacio. Allí, uno de ellos se transformó en león, otro en leopardo y el tercero en un palo. Y todo porque él había sido rey. Luego llevaron su cuerpo a la montaña Moga-Namirinzi, y mi pueblo construyó una choza alrededor. Llegó luego el momento de conocer a su sucesor. Mi padre tenía tres hijos legítimos: Nnanaji, Rogero y yo. Un brujo sacó un pequeño tam-tam ligero como una pluma. Pero, una vez cargado de talismanes, el tam-tam se volvió tan pesado que ningún hombre podía levantarlo ya. Ninguno salvo aquél a quien los espíritus reconocerían como heredero del trono. Fui el único que pasé la prueba. Mi hermano Rogero se rebeló entonces y emprendió la huida. Mi hermano Nnanaji, en cambio, me aceptó como rey.

Speke escucha con mucha atención. Sé que no cree en los espíritus, en los brujos, en los talismanes, en la magia, en todas esas cosas. Para no lastimar al rey, no lo dice. Pero cuando su mirada se cruza con la mía, siento que me hace en silencio esta pregunta: «¿Cree el rey, realmente, en todo eso?»

Más tarde, los dos hombres hablan de la Luna. Su Majestad quiere saber si cambia cada día de rostro para burlarse de los hombres. El inglés le explica que no, que la Luna es sólo un gran pedrusco que gira alrededor de la Tierra.

–¿Pero cómo nacieron la Tierra, la Luna y el Sol?

–Dios los creó, hace mucho tiempo –responde Speke–. Al principio, no había nada. Dios hizo entonces los cielos y la tierra, luego el Sol y el agua, los árboles y los animales, y por fin al hombre y a la mujer. Lo creó todo en seis días y, al séptimo, descansó. Mucho más tarde, nos envió a su hijo Jesucristo para que quien crea en él tenga vida eterna. Jesucristo es nuestro salvador. Le hablaré más de Él en los próximos días. Cristo hizo grandes cosas y realizó numerosos milagros, como multiplicar los peces, por ejemplo. Después de morir, incluso resucitó de entre los muertos.

El rey escucha cortésmente y, cuando acabo de traducir, me dirige una extraña mirada. Una mirada que significa: «Tú conoces bien al hombre blanco, ¿cree en todo lo que me está contando?»

* * *

Un mes y medio después de nuestra llegada al país de Rumanika, se escuchó el tambor de Uganda. Molá, un mensajero del rey Mtesa, llegó con una gran escolta de hombres, mujeres y niños. De acuerdo con las costumbres de su país, llevaban perros atados con correa y tocaban unas flautas de caña.

—Su Majestad Mtesa —proclamó Molá— ha sido informado de su deseo de conocerle. Y como por su lado el rey está muy deseoso de ofrecer hospitalidad a unos hombres blancos, les pide que vayan a su encuentro sin demora. Mis oficiales les proporcionarán gratuitamente, una vez en Uganda, todo lo que necesiten.

Speke, satisfecho, fue a despedirse de Rumanika. Ambos estaban muy conmovidos. Es sorprendente ver a un blanco, llegado de tan lejos, y a un negro que ha crecido en el corazón de África entendiéndose tan bien, a pesar de sus diferencias.

—Majestad, tengo un último favor que pedirle.

—Claro está, ¿cuál?

—El capitán Grant tiene enferma una pierna. Cojea de-

masiado para emprender un largo camino. ¿Puede quedarse aquí hasta que cure? Luego se reunirá conmigo.

–Velaré personalmente por él.

Un año y tres meses después de salir de Zanzíbar, nuestro horizonte se aclara finalmente, por las buenas. Al margen de los regalos ofrecidos al buen rey Rumanika, nada hemos tomado de nuestras provisiones. En Uganda, sucederá lo mismo. Y puesto que una buena noticia nunca llega sola, Speke va a librarme de Baraka: decide enviarlo como explorador hacia el norte, al país del rey Kamrasi, por donde pasaremos mucho más tarde, cuando hayamos encontrado el Nilo.

El Nilo, del que jamás hemos estado tan cerca.

Capítulo cinco

Mtesa el sanguinario
Un gatito que se convierte en león
Prisioneros sin prisión

M tesa.

Ese nombre suena en Uganda, más terrible que el rugido de un león. Y cada paso que damos hacia el corazón de su reino nos lo muestra un poco más.

En las aldeas, los habitantes huyen al son de nuestros tambores. Saben que somos huéspedes del rey y que, si levantaran hasta nosotros sus ojos, se arriesgarían a un castigo ejemplar. Los oficiales que nos acompañan lo aprovechan para robar todo lo que encuentran: cabras, pollos, plátanos, grano, cerveza. Puesto que son los «hijos» de Mtesa, no corren peligro alguno.

¡Mtesa!

El nombre acaba llenándome de escalofríos el espinazo.

–Los habitantes de Uganda son un pueblo turbulento al que sólo contiene el temor al verdugo –afirma Molá, el mensajero que ha venido a buscarnos–. En cuanto el rey sepa que han entrado en su territorio, ciertamente hará que corten la cabeza a algunos de sus súbditos para inspirar en los otros un sano terror. Por lo demás, debo avisarle de su llegada. ¡Espérenme aquí!

Speke no se lo cree. Dice que son exageraciones para darnos miedo y quiere proseguir el camino sin Molá. Yo sé que todo es cierto. No conozco a Mtesa, pero siento por instinto que debemos temerle. Desde mi infancia, desde que fui capturado y convertido en esclavo, siempre sé cuándo debo tener miedo. Siento los peligros antes de que lleguen y he aprendido a huir de ellos. Eso me ha evitado muchos problemas en la vida.

Ahora presiento que se levanta ante nosotros un enorme peligro.

Pero Speke no lo cree y, tras varios días de espera, me ordena levantar el campo. ¿Partir sin Molá? ¡Eso es imposible, tenemos que aguardar al mensajero! Mtesa se enfadaría si prosiguiéramos solos.

–Veamos, sahib, tenemos que esperar un poco más. ¿Quién nos mostrará el camino?

–Eso es cosa mía. ¡Limítate a plegar la tienda!

¡Eso no está bien, no está bien en absoluto! Tal vez Speke no vea el peligro, pero yo sé que está ahí. Lo siento con tanta fuerza que los pelos de mis piernas se ponen de punta. No podemos partir. Me niego a arrojarme en las fauces de Mtesa.

Viéndome inmóvil, Speke levanta el tono y, con algunos hombres, comienza a desmontar personalmente la tienda. Se derrumba sobre las mercancías que están en su interior.

Entonces me invade otro miedo, más fuerte todavía que el primero. Grito en swahili a quienes han ayudado a Speke:

—¿Pero estáis locos? ¡Deteneos! ¡Hay un fuego ahí debajo! Y precisamente junto a unas cajas con pólvora... ¿Queréis que todo estalle? ¡Reflexionad antes de obedecer tontamente!

Grito, huyo... Miedo a ver como todo salta:

—¡Cállate! —estalla Speke en industaní— Nada tienes que decirles. Valen más que tú, pues ellos no protestan y me obedecen...

—¡Pero hay pólvora en la tienda y todo puede saltar por los aires!

—Y si me apetece, a mí, hacer saltar lo que me pertenece, es cosa mía. Tú nada tienes que decir... y si sigues desobedeciéndome, te haré saltar también.

Yo sólo quería salvar el material y la expedición. Y he aquí que ahora eso se vuelve contra mí. Me cubren de insultos. ¡Ah!, esa maldita manía de rechazar los consejos. Si no me contuviera... Si no me contuviera... le...

Un puñetazo en el rostro.

Caigo al suelo y me levanto clavando mis ojos en los del hombre blanco.

Un segundo puñetazo.

Me levanto, espumeante de rabia.

Un tercer puñetazo. Con la nariz llena de sangre, me voy, humillado.

–Siendo así, no estoy ya a su servicio.

Camino, loco de cólera, me alejo mucho y Nasib se reúne muy pronto conmigo. Nuestro viejo guía árabe intenta que cambie mi decisión, pero no lo haré. ¡Antes morir! Insiste, me recuerda todo el camino recorrido, el final está tan cerca, el hecho de que si abandono ahora me quedaré solo en el corazón de África. Me explica que lo sucedido no se debe a Speke, ni a mí, sino a la tensión que se ha apoderado de la caravana desde que entramos en Uganda, a esa sombra que planea sobre nosotros.

¡Mtesa!

–¿Quieres darle la razón al rey? –me pregunta Nasib– Intenta dividirnos con el terror. Y, gracias a ti, está consiguiéndolo. Debemos permanecer agrupados. Recuerda que un solo dedo no puede agarrar un dátil.

Nasib es un sabio, me dejo convencer y regreso a la caravana. Al día siguiente, Molá reaparece por fin:

–El rey les aguarda. Ha sentido tanto deseo de ver hombres blancos que, al anunciarle su llegada, ha hecho ejecutar a cincuenta notables y cuatrocientos individuos de baja condición.

A mí, la idea de verle me llena de guijarros el vientre.

* * *

Una caja de hojalata, cuatro hermosos echarpes de seda, un fusil, un cronómetro de oro, una pistola, tres carabinas, tres sables, una caja de pólvora, una caja de balas, una caja de cartuchos, un catalejo, una silla de hierro, diez paquetes de las más hermosas cuentas de vidrio, cuchillos, tenedores y cucharas: cada uno de los regalos, personalmente verificados por Speke, ha sido envuelto en un pedazo de tela.

La bandera inglesa abre la marcha, seguida por el sahib y por doce de nuestros soldados baluchis vestidos con un manto de franela roja, con la bayoneta calada. Sigue el resto de la caravana, de la que formo parte. En nuestros brazos, el hongo real.

Subimos por una gran carretera flanqueada de espectadores que se agarran con las manos la cabeza y gritan: Irungi! Irungi! «¡Bravo! ¡Bravo!» Esto me tranquiliza un poco.

Entramos luego en un patio donde hay grandes chozas. El techo está cubierto de un césped perfectamente cortado. Delante, decenas de mujeres jóvenes, algunas de las trescientas esposas del rey.

En un segundo patio, oficiales con uniforme de gala van a saludar al inglés. Unos jóvenes pajes, con turbante de cuerda en la cabeza, pasan corriendo como si su vida dependiera de la velocidad con la que comunican sus mensajes.

El tercer patio debe de ser el de las recepciones: se oye algunos músicos tocando el arpa. Tras esa empalizada se encuentra el terrible Mtesa. Speke quiere ir, pero el maestro de ceremonias, vestido con finas pieles de antílope cuidadosamente cosidas, se opone. Pide que nos sentemos en el suelo. Algo más allá, unos mercaderes árabes esperan también ser recibidos.

–¡Jamás de los jamases, nunca lo aceptaré! ¡Yo no soy un simple mercader! ¡Bombay, tradúcelo!

¿Pero qué le pasa?

–¡Diles que soy un príncipe y que quiero ser recibido como tal!

¿Qué mosca le ha picado? ¿Ha perdido Speke la cabeza? ¡Se ganará la cólera de Mtesa! ¿Quiere que nos maten a todos? Vacilo unos instantes antes de traducir esas locuras pero, de pronto, mi nariz recuerda la fuerza de su puño y obedezco. Puesto que no hablo la lengua del país, traduzco en árabe a Nasib, y Nasib traduce al ugandés para el maestro de ceremonias. Éste, que nunca ha oído a nadie encolerizándose de ese modo, no reacciona. Speke se enoja más aún.

–¡Bombay, deja en el suelo los regalos! ¡Nos vamos!

Y se va de veras. El maestro de ceremonias, muy inquieto de pronto, llama a unos pajes que salen al galope. ¡Pánico en el patio! Persigo a Speke, perseguido a mi vez por el viejo Nasib y, luego, por el maestro de ceremonias cuyas finas pieles de antílope vuelan en todas direcciones.

–¡Vuelva, vuelva! Pffff... pffff... ¡Todo se arreglará! Pffff... El rey le recibirá primero.

Speke se detiene y, tras unos instantes de reflexión, acepta. Aliviado por el desenlace, acompaño al inglés hacia el segundo patio y, luego, entramos en el tercero. Allí está el rey, sentado en un estrado rojo. Alto y musculoso, es más joven de lo que yo imaginaba, no más de veinticinco años. Viste una túnica cuidadosamente dispuesta. Su pelo es muy corto, salvo en lo alto de su cráneo donde se yergue una pequeña cresta. Lleva elegantes collares al cuello, en las muñecas y los tobillos, y anillos en cada dedo de las manos y los pies. Tras él, un perro blanco, una lanza, un escudo y una mujer. A la derecha, vacas y cabras que ha recibido, antes, esta mañana.

El maestro de ceremonias invita a Speke a acercarse al rey.

El inglés avanza, erguido como un príncipe.

Silencio.

Ni el uno ni el otro hablan.

Se miran durante un tiempo infinito.

Luego el maestro de ceremonias pregunta a Speke:

–¿Ha visto bien a Su Majestad?

Sólo entonces se comienza a desembalar el hongo. El rey parece satisfecho. Finalmente no tiene un aspecto tan terrible: parece un niño abriendo sus regalos, los hace girar en todas direcciones. Speke tenía razón: los crímenes de Mtesa han sido exagerados para darnos miedo. He sido muy tonto creyendo en ellos. El rey inspecciona minuciosamente la pistola.

–¿Podría usted utilizarla para matar esas cuatro vacas tan rápidamente como sea posible? –pregunta señalando el ganado, a mi derecha.

Speke toma el revólver y mata las cuatro pobres bestias. La multitud aplaude ruidosamente. El rey sonríe, carga una carabina y la tiende a un paje.

–¡Ve a matar a un hombre en el otro patio!

El chiquillo se va.

Suena una detonación.

El chiquillo regresa con una gran sonrisa llena de malicia, como si hubiera encontrado un pajarillo o hecho alguna jugarreta.

–¿Cómo ha ido? –pregunta Mtesa.

–Muy bien –se alegra el niño.

¿Realmente ha matado a un hombre? Ciertamente no mentiría a su rey. Ha debido de hacerlo. Eso me hiela la sangre. Y nadie en la concurrencia reacciona. Nadie intenta saber quién ha pagado con su vida el regio capricho. ¿Un cortesano, un esclavo? Sin duda un esclavo...

Pero todo eso les parece tan normal...

Echo una ojeada a Speke: bajo su aspecto principesco, veo que está apretando los dientes.

* * *

Mtesa se toma por un león.

Cuando camina, dirige sus piernas muy a la derecha y a la izquierda y se bambolea, casi como un pato. Sus cortesanos dicen que son los andares majestuosos del león, su primer ancestro.

Esos andares serían divertidos si tuvieran derecho a reírse.

Pero en el reino de Mtesa se tienen pocos derechos. Por ejemplo, sólo el rey puede reposar en una silla. Sus súbditos no tienen derecho a sentarse, ni siquiera en una bala de heno. Sólo pueden acuclillarse en tierra, en el polvo.

Mtesa se toma por un león, pero no lo es: un león mata por necesidad cuando él mata por placer. A veces tengo la impresión de que si nos movemos sin su permiso, si respiramos con demasiada fuerza, no vacilará en suprimirnos.

Por primera vez desde hace mucho tiempo, siento que un viejo miedo se agita en mí, una angustia de antiguo esclavo: soy una presa. Mi vida puede detenerse en cualquier instante.

Estamos muy cerca del río que corre hacia el norte –antes de llegar a palacio, varias personas nos han confirmado que una gran corriente de agua salía del lago, algo más lejos–, pero eso no me interesa ya.

Todo lo que quiero es salir vivo de aquí.

* * *

A petición de Mtesa, Speke, el viejo Nasib y yo visitamos a su madre, que está muy enferma. Su palacio se encuentra al extremo de un largo camino. Cada paso que me aleja del rey es más dulce que el precedente.

Unos guardas provistos de grandes campanas de alarma vigilan las entradas de palacio. Nos hacen esperar en una primera choza, luego nos conducen a otra. La reina madre está en el centro, sentada en el suelo sobre una alfombra, con el codo puesto en un almohadón. Una decena de esclavas se agita a su alrededor, sirviéndole bebida y abanicándola, como hormigas alrededor de su reina. Las despide con un gesto.

Toma una pipa, aspira el humo, toma luego tres bastoncillos de madera.

–Tendrán que curarme de tres enfermedades distintas. Este bastón representa mi estómago, que me hace sufrir mucho. Éste, mi hígado, que me lanza fuertes dolores por todo el cuerpo. Y el tercero es mi corazón, al que debo cada noche pesadillas sobre mi difunto marido.

Speke deja en el suelo su farmacia portátil y también los regalos que le ha llevado: ocho brazaletes de bronce, una bolsa con treinta grandes perlas azules y algunas telas.

–Por lo que se refiere a los sueños, Majestad, es muy frecuente entre las viudas. Se disiparán cuando se resigne usted a tomar un nuevo marido. Por lo que se refiere a los demás dolores, no puedo recetarle nada sin haberla auscultado...

–Traduzco al árabe para Nasib, que traduce al ugandés para la reina.

–¡Imposible! –se inquieta un consejero– Para ello se necesita la autorización del rey.

–¡De ningún modo! –responde la reina madre– No tengo por qué consultar a ese jovencito: a fin de cuentas, al rey lo hice yo...

La miro, pasmado: la madre del león es una leona. Speke la examina y, luego, saca un bote de píldoras de su farmacia. Se las hace probar al consejero, para demostrar que no contienen sortilegio alguno del doctor blanco.

–Tome esto y, hasta mi próxima visita, no beba más cerveza y no coma nada.

La reina madre toma las píldoras y sale penosamente de la choza. Instantes más tarde, regresa muy fresca, vistiendo un magnífico deole que ofrece a nuestra admiración.

–Y ahora, quiero que me muestren los regalos que me han traído.

* * *

Mtesa nos demuestra, cada día un poco más, que está loco. Cada día, o casi, pasa una mujer de su harén con una cuerda anudada en las muñecas, arrastrada por un guardia.

–*Hai, minange! mkama! hai n'yawio!* –grita con los ojos llenos de lágrimas– ¡Oh, mi señor! ¡Mi rey! ¡Oh madre mía!

En la calle, nadie reacciona. Todos saben, sin embargo, que dentro de unos instantes la muchacha será ejecutada. Nadie sabe qué ha hecho para merecerlo.

Nada sin duda.

El otro día, el tirano organizó una excursión por el lago Nyanza. Tras haber cazado hipopótamos, fuimos a una isla para almorzar. El cortejo cruzaba luego una especie de vergel cuando una mujer del rey, muy hermosa por lo demás, tuvo la desgraciada idea de ofrecerle una fruta que acababa de coger. Como presa de la locura, montó en violenta cólera.

–¡Nunca una mujer se ha permitido ofrecerme nada de nada! ¡Agarrad a ésta y matadla!

De inmediato, como una jauría de perros hambrientos, los pajes se precipitaron sobre la pobre mujer que se les ofrecía como pasto. Ésta, indignada, intentó rechazarlos, dirigiendo sus sinceras excusas al rey. Pero los pajes la cogieron y la derribaron.

–¡Por compasión, Mzungu! –le imploró a Speke– ¡Ayúdeme!

Mientras Nasib me lo traducía y yo lo traducía al industaní, Luguba, la sultana preferida, se había arrojado a los pies del rey. Pero éste, excitado por tanta sumisión, se volvía más brutal aún. Tomó una maza para aplastar la cabeza de la infeliz.

–¡No, deténgase!

Speke dio un salto y detuvo el brazo del rey. Nunca antes había intervenido pero, entonces, la crueldad de Mtesa, justo ante nuestros ojos, superaba lo que podía soportar. Contuve largo rato el aliento, temblando en mi interior: el valeroso gesto del inglés podía costarle la vida. Y la mía además.

Los cortesanos y los esclavos presentes se hicieron muy pequeños, por temor a la reacción del tirano.

Pero, tras unos instantes de asombro, al caprichoso monarca, precisamente porque era caprichoso, le divirtió la temeridad del hombre blanco e hizo que soltaran a la infeliz.

Los cortesanos felicitaron al rey por su generosidad.

Yo respiré de nuevo.

* * *

Desde entonces, cada día, Speke es invitado a palacio. Yo le acompaño como intérprete, pero detesto esos encuentros. Los caprichos de Mtesa me aterrorizan. Durante largo rato, juega con nuestras brújulas, nuestros lápices de colores, nuestros cuadernos, nuestros telescopios, como haría un niño... Pero sé que de un momento a otro puede tomar un fusil y pedir a Speke que me mate. ¿Qué haría el inglés si tuviera que elegir entre su vida y la mía? Prefiero no pensar en ello...

—Sería una muestra de gran amistad —dice Mtesa— que me ofreciera usted una de sus brújulas.

Speke, para demostrar que no es su servidor, se niega cortésmente.

–Me complacería, Majestad, pero la necesitaría luego para proseguir la expedición. A este respecto, me gustaría hacer una expedición hacia el este del lago, para ver el gran río que sale de él. Tal vez podría usted prestarme un guía.

Pero el rey, para mostrar que él es quien decide, cambia a su vez de tema.

–¿Podría este fusil matar un cocodrilo?

Me estremezco: el «cocodrilo», Mamba, es mi segundo apodo, porque tengo los dientes puntiagudos y soy muy feo. Pero sin duda el rey lo ignora; es sólo una desagradable casualidad.

* * *

Si me libro, si salimos vivos de aquí, será gracias al sahib Speke.

Lo he criticado mucho desde el comienzo del segundo viaje, lo he comparado con frecuencia a Burton y, a menudo, he dudado de su capacidad, pero debo reconocer que estaba equivocado.

Desde nuestra llegada, hace dos meses, Speke se hace pasar por un príncipe: exige ser alimentado como tal, alojado en una choza confortable junto a palacio. Ha obtenido incluso autorización para sentarse en su silla de hierro.

Al principio, yo pensaba que era un nuevo error, pero el error era mío. Actuando de ese modo, Speke demuestra a Mtesa que también él es un león, no una gacela como los mercaderes árabes o yo mismo: un león que se defenderá si lo atacan. Por ello, el tirano vacila en meterse con nosotros.

El inglés, por lo demás, no tiene que esforzarse para parecer un león: está convirtiéndose en uno de ellos. Hace cinco años, en nuestro primer encuentro, era sólo un gatito inexperto ante el sahib Burton. Daba pequeños zarpazos, pero respetaba a su hermano mayor. Desde entonces, ha crecido y, hoy, también él es un rey a su modo. Cuando uno de nosotros, en la caravana, saca sus garras, él lo pone en su sitio sin miramientos. Mi pobre nariz lo recuerda aún.

* * *

Marcharse. Marcharse de aquí cuanto antes.

Desde hace tres días, no pensamos ya en nada más.

Hace tres días, cuatro meses después de nuestra llegada, resonaron disparos cerca del palacio. Tras un momento de inquietud, vimos llegar una caravana con un hombre blanco a la cabeza. ¡El capitán Grant! Cojeaba un poco, parecía muy fatigado por el viaje, pero estaba ahí, vivo y coleando.

¡Bienvenido al país del rey loco, capitán!

Inmediatamente, el sahib Speke fue a anunciar a Mtesa nuestra próxima partida. Quería obtener su autorización: sin ella, no podríamos dar un paso sin que nos detuvieran. El rey, tras haber hecho varias preguntas mostrando que había comprendido bien lo que esperábamos, respondió así:

–Me gustaría mucho tener el dibujo en color de una gallina de Guinea. ¿Podría usted hacérmelo?

Miró a Speke con una sonrisita aviesa. «Es usted muy fuerte, amigo mío, parecía decir, pero de los dos leones yo soy el más fuerte. Es usted mi prisionero.»

* * *

Huir de aquí.

No sé cómo lo hace el sahib para mantener su calma. Me ha dicho que tenía todavía un as en la manga: la única persona del país que no tiene miedo al tirano.

Sentada en el suelo, acunando en sus brazos una muñeca de fibra de coco, la reina madre nos recibe tras habernos hecho esperar. Sus esclavas depositan ante ella plátanos y calabazas de cerveza.

–Estos presentes son para usted –le suelta al capitán Grant– es un regalo de bienvenida...

Nasib traduce al árabe y yo traduzco al industaní.

–Es muy amable...

–Deja, James –le interrumpe Speke–, yo responderé.

Grant, obediente, calla.

–Es muy amable por su parte, pero no era necesario, el capitán forma parte de mi caravana. No viaja por su propia cuenta. No estaba usted obligada a hacerle un regalo...

La reina madre acusa el golpe: su ardid no ha funcionado. Quería hacer pasar a Grant por un nuevo visitante y obtener, así, que le correspondieran con un nuevo regalo. Pero Speke lo ha comprendido muy bien.

–Sin embargo, si desea usted todas esas hermosas cosas que proceden de mi país –insiste–, puede obtenerlas. ¡Ayúdenos a encontrar el gran río que sale del lago! Luego, haremos que barcos cargados de regalos lo remonten hasta Uganda.

Los ojos de la reina madre se iluminan con un fulgor del que nadie la creía capaz.

–Sí... claro... barcos hasta el lago... Mañana hablaré con mi hijo...

De los dos leones, tal vez sea Mtesa el más fuerte, pero Speke es sin duda el más astuto.

* * *

Ha transcurrido otro mes, durante el que el sahib ha decidido regalar al tirano una carabina, municiones y la brújula tantas veces pedida. Luego, ayer por la mañana, el rey nos convocó.

–Quiere usted abrir una vía comercial por el norte, ¿no es cierto? ¡Es una excelente idea! Le he pedido a Budja, uno de mis oficiales, que les guíe hasta el gran río...

No creíamos lo que estábamos oyendo: ¿éramos libres? ¿Por qué el rey despertaba de pronto, cuando estábamos pidiéndoselo desde hacía cinco meses? Pero no había tiempo que perder con este tipo de preguntas: había que partir enseguida, antes que el caprichoso monarca cambiara de opinión.

Esta mañana, al alba, para dar buena impresión, el sahib Speke se ha puesto al cuello el collar ofrecido por la reina madre y, luego, se ha despedido del tirano. Desde entonces caminamos hacia el este, hacia el gran río que, muy cerca de aquí, sale del lago.

En todos los poblados que cruzamos, los aldeanos huyen al son de nuestros tambores: saben que somos los huéspedes del rey. Los oficiales de Mtesa lo aprovechan para apoderarse de las cosechas, de las vacas, de las cabras, de las pieles, de los tambores, de las lanzas, del tabaco, de la cerveza, de todo lo que cae en sus manos.

Sin quererlo, sembramos a nuestras espaldas la tristeza y la miseria.

¡Mtesa, mal rey, te odio y me siento feliz huyendo de tu país!

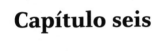

Capítulo seis

¿El Nilo por fin?
Un descenso movido
El país de arena

Las cascadas aparecen en un recodo del camino, pero las oíamos desde hacía mucho tiempo ya. El espectáculo es magnífico.

A la derecha, las apacibles aguas del layo Nyanza parecen dormir. Luego, lenta, muy lentamente, parte de esa agua, ignorando lo que le ocurre, se pone en movimiento, avanza sin agitación alguna. Puesto que las boscosas riberas se estrechan, el agua se acelera, se agita: el lago se convierte en río. Pasa ante nosotros, rodea unas grandes rocas y, luego, se arroja al vacío. Una enorme catarata a cuyos pies el agua ruge, espumea de rabia. Abajo, peces viajeros brincan e intentan remontar hasta el lago. Unos pescadores, en barca, les aguardan con el sedal en la mano. Los hipopótamos pasean su adormecida silueta en las aguas. Más allá, a nuestra izquierda, el agua se apacigua, recupera su curso, se dirige hacia su destino de río.

¡Aquí estás por fin!...

Al sahib Speke le tiembla la voz.

¡Es éste, Bombay, es el Nilo!

Ignoro cómo puede estar tan seguro: no es el nombre que por aquí le dan. Pero el inglés tiene en los ojos las mismas chiribitas que hace cuatro años, cuando descubrimos el otro extremo del lago Nyanza.

–Lástima que el capitán Grant no esté aquí para verlo...

Desde nuestra partida del palacio de Mtesa, hace tres semanas, Grant ha seguido en efecto otro camino. Puesto que cojeaba mucho, Speke le pidió que fuera con el grueso de la caravana, directamente al palacio del rey Kamrasi, donde debe ya de esperarnos Baraka. Cuando Speke le anunció su decisión, Grant puso una extraña cara. Por un instante creyó que el velo iba a desgarrarse y que veríamos otro rostro del capitán. Esperaba yo que se rebelara y declarase: «¡Eso es injusto! Tras todo el camino que he hecho con usted, en el momento de llegar al objetivo, me priva de la victoria final. ¡Quiero acompañarle a las fuentes del Nilo!» Pero no lo hizo: sonrió y obedeció las órdenes.

–Lástima que Grant no lo vea... ¡Mira bien, Bombay, es el río sagrado! Nace aquí ante nosotros... ¡Tenemos ante los ojos la solución al más antiguo enigma geográfico del mundo! Siento que es él...

El inglés tiembla de los pies a la cabeza. Me pregunto si va a festejarlo disparando contra un hipopótamo pero, en vez de hacerlo, bajamos hasta la ribera, se agacha, une sus manos, las hunde en el agua y, muy conmovido, bebe un trago.

Comprendo perfectamente su emoción: hace tanto tiempo que busca este río... Pero debo reconocer que yo no siento nada semejante: sólo veo ahí una cascada saliendo de un lago, un poco de agua. Lo que yo espero realmente es ver el otro extremo de este río. Porque, si el sahib tiene razón, si éste es el río tan esperado, como afirma, si realmente es el Nilo, entonces al otro extremo se encuentra el misterioso país de arena...

* * *

Avanzamos por el agua.

Speke ha alquilado cinco piraguas hechas, cada una de ellas, con cinco largas tablas de madera. Embarcamos en ellas las pocas mercancías que Grant no tomó y descendemos por el río. Las riberas son verdeantes.

Me pregunto adónde nos lleva el río. Supongo que lejos, mucho más lejos, atraviesa arena, arena y más arena aún. A menudo me he divertido imaginando un mundo como el nuestro aunque enteramente de arena, con flores, árboles, lluvia, animales de arena. Sé muy bien que eso no existe. Temo un poco que me decepcione.

Sólo espero que hayamos acertado con el río.

Me gustaría que hubiéramos llegado ya, pero las piraguas son tan lentas. Los remeros no reman: se dejan arrastrar por la corriente y sólo dan una palada cuando la embarcación se acerca demasiado a una orilla. «¿Por qué fatigarse cuando la corriente trabaja para nosotros?», exclama uno de los remeros. «¡El que rema a favor de la corriente da risa a los cocodrilos!»

Caramba, he aquí la respuesta a una vieja pregunta.

Tras dos días de navegación, doce barcas se acercan a nosotros. A bordo, unos hombres armados nos amenazan con sus lanzas. Los recibimos con disparos de fusil. Huyen, pero les alcanzamos y les hacemos hablar: Kamrasi, su rey, se preocupa por nuestra llegada. Según el rumor, los hombres blancos son brujos devoradores de tripas humanas. Además, puesto que Grant entró en el país por la tierra y nosotros por el río, el rey piensa en un ataque coordinado. Para tranquilizarle, abandonamos las piraguas y proseguimos por el camino, donde encontramos a Grant. Tras largas discusiones, Kamrasi acaba por recibirnos en su palacio. Encontramos allí a Baraka, que era mantenido prisionero. Siguen los tradicionales regateos sobre el precio de nuestro paso. Tras dos meses, el rey recibe seis carabinas y municiones, un gran bote de bronce, un cepillo para el pelo, cerillas y un cuchillo. Y nosotros volvemos a ponernos en marcha con una escolta de veinticuatro hombres.

* * *

Puesto que el rey nos ha autorizado a navegar por el río, proseguimos el descenso en una gran piragua. Cada ribera está flanqueada por un tapiz de cañas. La de la izquierda es baja y pantanosa. La de la derecha, en leve pendiente y cubierta de árboles. Extrañas islas derivan a la velocidad de la corriente: son marañas de cañas, de hierbas y helechos, arrastradas por las aguas en crecida. De vez en cuando, un hipopótamo asoma su cabeza pero se hunde de nuevo, inmediatamente, asustado por los gritos de las gallinas que llevamos a bordo. En la proa de la piragua, el sahib Speke repasa sus cuentas: no nos quedan ya muchas mercancías. Pero afirma que no es muy grave ya: puesto que estamos en el Nilo, pronto llegaremos a un pueblo llamado Gondokoro. Allí, un equipo procedente de Egipto y dirigido por un inglés llamado Petherick nos aguarda con provisiones.

Espero que estemos realmente en el Nilo.

Espero que el equipo esté allí. Salimos de Zanzíbar hace dos años y dos meses: ¿habrá esperado tanto tiempo?

Al décimo día de navegación, los remeros nos dejan en tierra: más lejos, el río se arroja entre dos grandes rocas, luego resbala por una larga pendiente. Y se escucha, más lejos aún, el sordo rugido de una inmensa cascada. Imposible proseguir en barco.

Según el rey Kamrasi, después de estas cascadas, el río forma una curva: se dirige hacia el oeste y se arroja en un lago llamado Luta Nzige, la «Langosta Muerta», pero vuelve a salir de inmediato y asciende hacia el norte. Puesto que toda la región está infestada de tribus hostiles, Speke decide que nos dirigiremos en línea recta hacia el norte. Más tarde regresaremos al río.

Abandonamos pues la orilla y penetramos en el país de Gani. Está cubierto de montañas boscosas y sus habitantes van casi desnudos, al margen de los aros de bronce, las cuentas de cristal y las plumas. Tras siete etapas, regresamos al río y lo seguimos por algún tiempo.

–¡Piraguas! ¡Un campamento!

Ha sido el viejo Nasib, nuestro guía, el que los ha visto primero.

Los dos ingleses se miran, entre alegres e inquietos.

–No estamos en Gondokoro –se sorprende Speke–. Según mis cálculos, no hemos llegado aún...

Sin embargo, el campamento existe en efecto, con sus cabañas y sus piraguas, y sus ocupantes no viven por aquí: van vestidos como soldados de un verdadero ejército.

Disparamos una salva de mosquetes. Responden con otra salva, se agrupan y forman un cortejo militar con banderas y tambores. Tal vez no sea Gondokoro, pero es en efecto el equipo de apoyo. Abandonamos nuestros fardos y corremos a su encuentro.

Un oficial se acerca a los ingleses y, sin saber quién es el jefe, se dirige a ambos.

–*Salam malecum*, me llamo Mohamed.

–¿A las órdenes de quién está usted? –pregunta Speke.

–Petrik.

–¿Y dónde se encuentra, ahora, Petherick?

–Lo verá muy pronto. Tenemos orden de acompañarles hasta Gondokoro.

El sahib Speke le mira y, pasada ya la duda, permite por fin que una gran sonrisa devore su rostro. Se vuelve hacia Grant y le estrecha en sus brazos, le palmea la espalda, muy conmovido. Le dice algo en inglés. Debe ser algo parecido a: «¡Lo hemos conseguido! ¡Lo hemos conseguido!»

Sí, lo hemos conseguido. ¡Estamos salvados! ¡Qué inmensa alegría haber llegado por fin! En adelante, no tendremos ya que preocuparnos por gastar mercancías, por los hongos, los reyes sanguinarios, la búsqueda de porteadores. Hemos llegado y lo hemos conseguido: ¡hemos encontrado el Nilo! Desde el comienzo, la intuición del sahib Speke era acertada: el río nace en efecto en el lago Nyanza.

En brazos del capitán Grant, llora de alegría.

* * *

Pero lo que yo quería ver era el país de arena.

El descenso del Nilo ha sido largo y decepcionante.

Ya no tenía nada que hacer, puesto que el navío llevaba los fardos en mi lugar; me pasaba el tiempo observando las riberas.

Desfilaban lentamente, tan lentamente... Pasamos por regiones verdeantes, por ciénagas. Varios afluentes se unieron al río y aumentaron sus aguas. A medida que avanzábamos, el clima cambió. Se volvió aún más cálido, aún más seco. Durante el día, sudábamos sin cesar, incluso a la sombra, sin hacer nada. Cuando grandes cataratas nos cerraron el paso, desembarcamos, andamos, embarcamos luego en otro navío, algo más lejos. Abandonamos el país llamado Sudán y llegamos a Egipto. Entonces comencé a tener una gran esperanza: tenía tantas ganas de ver en el exterior lo que había imaginado en el interior de mi cabeza. Pero por más que mis ojos se fatigaran, sólo veía ante mí el Nilo y, en sus riberas, cañas, cocoteros, palmeras. Más allá, tan lejos como alcanzaba la vista, había campos de cereales o de cañas. Con, a veces, tristes montañas desérticas y algo de arena amarilla.

–Es normal –me explicó el sahib Speke–, los egipcios cultivan las riberas con el agua del río. La arena está justo después de los campos...

Pero yo no veía nada.

Descendimos casi todo el Nilo, hasta el norte de Egipto, sin que yo viera nada de nada. Y ahora cabalgo en un asno y sigo sin ver nada; pero es normal porque es de noche.

Ante mí, en la obscuridad, los dos sahibs avanzan en sus asnos al igual que el guía egipcio que nos lleva a las pirámides -son, según me han dicho, inmensas construcciones puntiagudas. Los ingleses quieren verlas a toda costa antes de abandonar Egipto. A mí la cosa no me interesa, pero no he tenido más remedio: hace un rato, el sahib Speke me ha despertado y me ha ordenado que le siguiera. Dejamos atrás las últimas casas de ladrillo de la ciudad, atravesamos campos, seguimos luego por un camino de tierra. La luna apenas nos ilumina. A estas horas, estaría mejor en mi jergón, en el barco, pero al parecer es la mejor hora para ver las pirámides: durante el día, en esta estación, el calor lo aplasta todo.

A nuestro alrededor, siento que el paisaje cambia. La obscuridad no es ya la misma que hace un rato: era sombría y fría a causa de los campos, es ahora cálida y clara. Me pregunto dónde estamos y por qué son interesantes las pirámides.

Nuestro guía anuncia algo. Habla en inglés. Realmente no sé qué pinto yo aquí –mejor estaría roncando en mi jergón.

Los dos sahibs extienden una gran manta en el suelo y se sientan. Yo me alejo un poco e intento descubrir lo que nos rodea. Hacia el este, al otro lado del Nilo, las estrellas desaparecen una a una y el cielo se aclara. A mi izquierda, adivino sombras gigantescas y puntiagudas; sin duda las pirámides. Algo más allá, una enorme bola redonda parece salir de la tierra. Ignoro qué es.

Poco a poco, el cielo azulea, se enrojece luego. Speke dice algo en inglés y los dos sahibs se vuelven hacia las sombras puntiagudas. En el vértice de la más alta, un pequeño triángulo de piedra es iluminado por los primeros rayos del sol. En verdad es sorprendente. Con el regreso de la luz, las cosas recuperan su forma. Las tres pirámides aparecen por fin, muy impresionantes. Luego, delante, la gran bola resulta ser la cabeza de un gigante tallada en la roca; tiene la nariz rota. A nuestro alrededor no hay nada más. ¡Ah, sí!, en el suelo hay arena, arena fina y tibia que se escurre entre los dedos cuando intento cogerla. Al este, el sol sale de la tierra, crece, rojo y, luego, anaranjado. Los dos ingleses se maravillan ante las pirámides y la cabeza de gigante a la que llaman «esfinge». Todo es en efecto muy hermoso, pero hay algo más hermoso aún, la arena que nos rodea.

Escalo los primeros peldaños de una pirámide y examino el horizonte, del lado del oeste. Tan lejos como alcanza mi vista, sólo hay arena, una arena que pasa del anaranjado al amarillo a medida que el sol se levanta. Detrás de cada duna se dibuja, muy nítida, una sombra negra. Diríase un mar de arena cubierto de pequeñas olas.

–Bueno, Bombay –me interpela Speke–. ¿Te gusta esto?

–¡Oh, sí, sahib, es maravilloso!

–¿De modo que ya no refunfuñas? He hecho bien despertándote esta mañana, ¿no es cierto?

–Sí, sahib, gracias.

Me sonríe.

Antes de bajar de mi pirámide, lanzo una última ojeada al paisaje para que me llene los ojos, la cabeza y el cuerpo.

El país de arena, más hermoso aún que en mis sueños.

* * *

—Todas las cosas tienen un final —suelta el sahib Speke, cuando me dispongo a subir al gran navío de vapor.

—«¡Todas las cosas tienen un final, salvo la banana que tiene dos!»

—¡El maldito Bombay con sus proverbios! Te echaré de menos.

—Yo también, sahib, le echaré de menos.

Ya está, hemos llegado al final del viaje. Hemos descendido el Nilo hasta que se divide en varias corrientes de agua, al norte de Egipto. Hemos navegado por una de esas corrientes de agua y desembocado en el mar, en Alejandría.

Es una hermosa ciudad blanca, con un inmenso puerto. Decenas de grandes barcos atracan allí, cargan o descargan permanentemente mercancías y hombres.

Hasta la vista, capitán Grant; hasta la vista, sahib Speke. ¡Hasta pronto, tal vez!

—No, no lo creo... Ahora que he encontrado las fuentes del Nilo, no tengo ya razones para regresar a Zanzíbar. ¡Adiós, viejo cocodrilo!

Franqueo la pasarela y pongo el pie en el navío que me devuelve a casa. Ahí están mis compañeros de viaje: Baraka, con quien he terminado reconciliándome; Mabruki y su tam-tam mágico; el viejo guía Nasib; los soldados baluchis que nos han seguido hasta aquí...

Abajo, en el muelle, los dos ingleses desaparecen entre la multitud: tomarán otro vapor hacia Inglaterra. Cuando nuestro barco se aleja del muelle y llega a mar abierto, contemplo, acodado en la batayola, las casas que van disminuyendo de tamaño, la ciudad que se encoge.

Me hubiera gustado divisar por última vez el lugar donde el brazo del Nilo desemboca en el mar, pero no lo he visto. ¡No importa! Es pasado ya. Mi porvenir está ahora en mis asuntos: con el dinero que me ha dado el sahib Speke por mis dos años y medio de servicios, compraré una choza y encontraré mujer. Entre mis cosas hay sobre todo lo más hermoso que existe. Una especie de guijarro amarillo que compré en un mercado de El Cairo. Cuando lo vi en aquel puesto, me detuve y lo observé largo rato sin atreverme a tocarlo: era la primera vez que veía uno, pero sabía exactamente de qué se trataba. Con sus pétalos de piedra, no podía equivocarme.

–Se llama rosa de arena –me explicó el anciano que se ocupaba del puesto–. ¿Nunca había visto una? Está hecha de granos de arena y se encuentra en el desierto. Pero no sé cómo aparece.

–Yo lo sé –respondí antes de comprar la rosa.

La guardaré toda mi vida como recuerdo de mis viajes en busca de las fuentes del Nilo.

Siempre supe que en el desierto crecían hermosas flores de arena.

Epílogo

La gloria, el drama y el desenlace

El capitán John Hanning Speke aguardaba en el umbral de la puerta. Lanzó una mirada inquieta hacia la sala que se llenaba cada vez más.

Aquel lunes 22 de junio de 1863, en la Sociedad Real de Geografía había una multitud. En la mayor de las salas se había levantado un estrado con unas mesas alineadas y cubiertas por manteles. Un gran mapa de África se había colgado de la pared, con todas las indicaciones dadas por el capitán Speke referentes a los lagos y al Nilo. Decenas y decenas de sillas se habían colocado ante el estrado. Ya no quedaba casi ninguna libre: los geógrafos, los periodistas, los hombres y las mujeres de la alta sociedad las habían tomado al asalto. Eso era lo que más preocupaba al explorador: toda esa gente. Detestaba hablar en público. Prefería, con mucho, un cara a cara con un rinoceronte colérico.

Pero no tenía elección: desde que había mandado el telegrama desde África anunciando su victoria, todo Londres esperaba verle y escucharle.

Sir Roderick Murchison, de pie detrás del estrado, le indicó por signos que se acercara, y también a Grant.

–Señoras y señores, les presento al capitán Speke, a quien debemos el descubrimiento de las fuentes del Nilo, uno de los más hermosos éxitos de la geografía británica, y a su compañero de expedición, el capitán Grant. ¡Pido que les recibamos triunfalmente!

Aullidos de alegría acogieron la entrada de ambos exploradores. Las mujeres agitaban sus pañuelos de franela y los hombres levantaban sus sombreros de copa.

Reanimado, Speke avanzó hasta la tribuna aclarándose varias veces la garganta. «Señor presidente, señoras y señores», repitió para sí mismo.

En cuanto se acallaron los aplausos, dijo con voz fuerte pero vacilante:

–Señor presidente, señoras y señores, me complace estar hoy aquí entre ustedes para hablarles de...

Y les habló de la expedición, del trayecto, del lago Victoria, de los ríos que se vertían en él, de los que de él salían, de las dificultades debidas a las guerras, de los tiranos sanguinarios y los reyes humanistas, de los extraordinarios animales africanos...

Cuanto más hablaba, mejor se sentía. El público le escuchaba en un silencio de iglesia. Era el héroe del día. Cada una de sus anécdotas daba en el blanco y suscitaba admiración, horror o carcajadas. Todo le salía bien. Se permitió incluso un puyazo para su antiguo compañero, Richard Burton:

—Si, en nuestra primera expedición, yo hubiera ido solo, habría resuelto ya en 1859 el asunto del Nilo, llegando hasta Uganda... pero, puesto que mi proyecto fue desalentado por el jefe de la expedición, que por aquel entonces estaba enfermo y cansado del viaje, tuve que regresar a Inglaterra...

Al finalizar su larga alocución, una tempestad de aplausos le hizo comprender que era mucho más que el héroe del día.

Durante las semanas y los meses siguientes, recibió un telegrama de la reina Victoria, fue entrevistado por numerosos periodistas, fue el invitado de honor de veladas mundanas, obtuvo medallas de varias sociedades de geografía europeas, fue contratado por un editor para escribir su relato en un libro.

Sí, era mucho más que el héroe del día: el héroe del año, tal vez del siglo, incluso.

* * *

Richard Burton no estaba en Inglaterra cuando John Speke regresó de su segundo viaje: cónsul de Gran Bretaña en Fernando Poo, se encontraba en su puesto, en esa isla española ante las costas del África Occidental.

Por aquel entonces, había enterrado ya el hacha de guerra contra su antiguo compañero. Había pasado mucha agua bajo los puentes desde la exploración del lago Tanganika: se había casado con su prometida, Isabel, había viajado mucho y escrito mucho, se había interesado por mil y una cosas. La enloquecida búsqueda de las fuentes del Nilo era ahora una página de su vida vuelta para siempre.

Cuando anunciaron el regreso de Speke, incluso le había enviado una carta para felicitarle por haber llevado a buen puerto tan difícil expedición.

Pero el otro no parecía verlo de ese modo. Apoyándose en su nueva gloria, sintiéndose sin duda invencible, lanzaba a diestro y siniestro flechas llenas de acritud contra su antiguo jefe. Pero, ¿por qué tanto rencor? ¿Por qué quería la guerra? En todo caso, si Speke quería pelea, la tendría: Burton no era de los que rehúyen el combate, muy al contrario. Se lanzó a él, pues, de cabeza.

Primer paso: encontrar los puntos débiles de su adversario. Eran numerosos: así, aunque Speke era indiscutiblemente un excelente andarín y cazador, no brillaba precisamente por su rigor científico. Sus medidas de altitud, por ejemplo, no siempre eran exactas: de creerle, en algunos lugares, el Nilo hubiera debido, incluso, remontar su curso... y además estaba esa «laguna» en el descenso del río, cuando la expedición lo había abandonado para cortar hacia el norte. Según el rey Kamrasi, allí estaba el lago Luta Nzige. ¿Pero quién sabe si no desembocaba en ese lago también otro río? Y si ese segundo río resultaba ser más largo que el procedente del lago Victoria, entonces él sería el verdadero Nilo... Y si ese río más largo procedía del lago Tanganika, a fin de cuentas él, Burton, sería el verdadero descubridor de las fuentes del Nilo.

Segundo paso que Burton debía dar: encontrar aliados. Tampoco aquello le resultó difícil. Desde su regreso, Speke, por su actitud algo altanera, había herido a bastantes geógrafos y periodistas. Se le reprochaba su falta de *fair-play*, especialmente por haber despedido al capitán Grant tan cerca ya de las fuentes del Nilo. ¿No lo había hecho para recoger, solo, los frutos del éxito?

El contraataque de Richard Burton estuvo tan bien llevado que la controversia adquirió rápidamente cierta magnitud. Cada geógrafo, cada periódico, cada inglés tuvo que tomar partido por uno u otro de los protagonistas. Sir Roderick Murchison, que había financiado la expedición de Speke, defendió a su protegido. El muy respetado David Livingstone, que regresaba tras varios años de exploraciones africanas, apoyó a Burton. La duda se infiltró tanto en los espíritus que, al final, nadie supo ya si Speke había o no descubierto realmente las fuentes del Nilo.

Para resolver la cuestión, la Sociedad Real de Geografía decidió organizar un debate contradictorio entre ambos adversarios, con ocasión de su próximo congreso en la ciudad de Bath.

* * *

El 16 de septiembre de 1864, Richard Burton se levantó temprano. Se puso su más hermoso traje y, acompañado por Isabel, acudió a la sala donde iba a celebrarse la reunión de geografía. Se sentía en forma: aguzaba ya su discurso desde hacía varios días. Sabía que sus argumentos, de acero forjado, iban a atravesar al pobre Speke como la hoja de un florete. Y como, además, adoraba hablar en público, no daba ni un céntimo por la piel de su adversario. Al dirigirse a la tribuna desde donde debía hablar, Burton advirtió una pequeña reunión en una sala contigua. Los más eminentes geógrafos estaban allí, con la cara hosca. No se atrevió a entrar y, puesto que nadie le invitó, permaneció largos minutos esperando fuera. En la sala, una hoja de papel circulaba de mano en mano.

¿Qué estaba pasando?

Un amigo geógrafo, al descubrir a Burton, tomó la hoja y se la entregó.

–Lo siento –dijo de entrada.

Sorprendido, Burton tomó el mensaje y leyó:

–«Ayer, a las cuatro de la tarde, el capitán Speke perdió la vida durante una cacería en las tierras de uno de sus primos, algunos parientes lo descubrieron tendido entre los brezos, herido por una descarga que le había atravesado el pecho, junto al corazón. Murió unos minutos más tarde.»

Burton titubeó y se derrumbó en un sillón.

–¿Cómo ocurrió?

–Speke estaba cazando perdices en casa de un primo que vive por allí. En cierto momento, se alejó de los demás.

El primo escuchó un disparo, luego vio al capitán cayendo pesadamente del murete en el que estaba. Mientras buscaban a un cirujano, el pobre entregó su alma... El primo cree que subió al murete, se agachó para tomar su fusil, que se había quedado abajo, cuando se disparó accidentalmente. ¿Un accidente? Richard Burton no podía creerlo. No con un cazador tan bueno como Speke... Cierto día, en África, cuando un hipopótamo iba a volcar su piragua, había visto cómo su compañero procuraba, a pesar del caos, no dirigir el arma hacia sí mismo ni hacia los demás. De modo que un accidente de caza tan tonto, no, no podía creérselo. ¿Y si no había sido un accidente?

–Dios mío... –murmuró.

Cuando Burton fue llamado a la tribuna, no pronunció el discurso previsto sino que, con voz débil y entrecortada por los temblores, improvisó una exposición sobre el reino de Abomey, que había visitado desde la isla de Fernando Poo. Luego, regresó enseguida a su butaca.

* * *

¿Había descubierto John Speke realmente las fuentes del Nilo?

Fueron necesarias varias expediciones aún para llegar a algunas certezas sobre este tema.

En 1864, los esposos Samuel y Florence Baker, después de haberse encontrado con Speke en Gondokoro, exploraron el lago Luta Nzige, al que rebautizaron como lago Alberto.

En 1866, David Livingstone regresó a África, a petición de la Sociedad Real de Geografía, para explorar de nuevo la región de los Grandes Lagos. Pero la parte esencial de los descubrimientos debe cargarse en la cuenta del periodista Henry Morton Stanley. En 1869, puesto que Livingstone no daba ya señales de vida, el director del New York Herald pidió a su reportero que fuera a buscarle. Stanley se dirigió a África, encontró al célebre explorador a orillas del lago Tanganika y se descubrió una verdadera pasión por la exploración de aquel continente. Durante los siguientes veinte años, organizó tres expediciones más, durante las que exploró, especialmente, la cuenca del río Congo, el lago Victoria y el lago Alberto. Gracias a sus pacientes búsquedas, los geógrafos pudieron poner punto final al enigma de las fuentes del Nilo: el río sagrado nace, en efecto, en el lago Victoria.

Desde el principio, el capitán John Speke había estado en lo cierto.

Richard Burton reconoció deportivamente su derrota.

Advirtamos por fin, para cerrar definitivamente esta historia, que en su primera expedición Henry Stanley recurrió a los servicios de uno de los hombres más competentes en materia de exploración africana. Este hombre, cuya existencia suelen olvidar los libros de historia, se llamaba Sidi Mubbarak.

Aunque es más conocido por su apodo: Bombay.

Índice

«¿Participó realmente Bombay en los dos viajes de Burton y de Speke como intérprete? ¿Era Mtesa, el rey de Uganda, tan sanguinario? ¿Qué hay de cierto en *En busca del río sagrado. Las fuentes del Nilo*?

Durante sus expediciones por Africa, los exploradores ingleses llevaron algunos diarios que se publicaban a su regreso a Europa. Burton hizo que apareciera *Viaje a los Grandes Lagos del África oriental* en 1860 y Speke *Diario del descubrimiento de las fuentes del Nilo* en 1863. Estos relatos cuentan, casi día a día, los principales acontecimientos de ambas aventuras: la marcha de la caravana, la vida en Kazeh, la decepción del lago Tanganika, el descubrimiento del lago Victoria, el encuentro con el tiránico Mtesa y también el descenso por el Nilo. Más tarde, algunos historiadores se interesaron por estas exploraciones y sus autores. Así, Fawn Brodie publicó, en 1967, una biografía muy completa de Richard Burton (*Diablo de hombre*), que permite captar muy bien su complejo carácter. Todos estos elementos sirvieron para escribir *En busca del río sagrado...* Pero quedan zonas de sombra. La principal es Bombay. Aunque participó en ambas expediciones, sólo fue en ellas, desde el punto de vista de los europeos, un personaje secundario. En los relatos de Burton y de Speke aparece sólo en pequeñas pinceladas cuando se trata de una misión que se le confía, de sus disputas con Baraka o de una corta descripción de su carácter. Y como el propio Bombay no escribió nada, en definitiva se saben muy pocas cosas de él. El modo como vivió estas dos aventuras sólo puede ser imaginado. Es lo que esta novela intenta hacer.

Philippe Nessmann

Philippe Nessmann

Nació en 1967 y siempre ha tenido tres pasiones: la ciencia, la historia y la escritura. Después de obtener un título de ingeniero y una licenciatura en historia del arte, se dedicó al periodismo. Sus artículos, publicados en *Science et Vie Junior*, cuentan tanto los últimos descubrimientos científicos como las aventuras pasadas de los grandes exploradores. En la actualidad, se dedica exclusivamente a los libros juveniles, aunque siempre tienen de fondo la ciencia y la historia. Para los lectores más pequeños, dirige la colección de experimentos científicos «Kézako» (Editorial Mango). Para los lectores jóvenes, escribe relatos históricos.

François Roca

Nació en Lyon en 1971. Realizados sus estudios artísticos en París y Lyon, su pasión por la pintura le empuja en primer lugar a exponer retratos al óleo. En 1996, comienza a crear ilustraciones para jóvenes. François Roca ha ilustrado más de una veintena de obras y colabora asiduamente con la revista *Télérama*. Vive y trabaja en París.

Descubridores del mundo

Bajo la arena de Egipto
El misterio de Tutankamón
Philippe Nessmann

En la otra punta de la Tierra
La vuelta al mundo de Magallanes
Philippe Nessmann

En busca del río sagrado
Las fuentes del Nilo
Philippe Nessmann

Al límite de nuestras vidas
La conquista del polo
Philippe Nessmann

Al asalto del cielo
La leyenda de la Aeropostal
Philippe Nessmann

Los que soñaban con la Luna
Misión Apolo
Philippe Nessmann

En tierra de indios
El descubrimiento del lejano Oeste
Philippe Nessmann

Las fuentes del Nilo

CUADERNO DOCUMENTAL

Los exploradores

RICHARD BURTON, nacido en 1821, en Inglaterra, pasa su juventud en Francia e Italia. Tal vez de ahí procede su afición a los viajes. Escritor, buscador de oro, aventurero, cónsul, lingüista que hablaba treinta lenguas, viaja por India, Arabia, África, América...
La búsqueda de las fuentes del Nilo sólo es, pues, una de las facetas de su tumultuosa vida. Fascinante, endiablado y autoritario, tiene tantos enemigos como admiradores. Casado a los 39 años, muere a los 69. ¿El libro que le habría gustado escribir?
Una biografía de Satán...

BOMBAY, cuyo verdadero nombre era Sidi Mubbarak, pertenecía a la etnia yao. Nacido en los años 1820, es capturado y luego vendido como esclavo. Su dueño lo lleva a la India como criado. Cuando éste muere, Bombay se dirige a Zanzíbar donde entra en la guardia del sultán. Burton le contrata como intérprete para su expedición al Tanganika. Es gruñón y, a veces, pendenciero, pero también taimado y trabajador. De modo que Speke le confía, durante su expedición al lago Victoria, cada vez más responsabilidades.

JOHN SPEKE, seis años menor que Burton, es muy aficionado a la caza: en su casa familiar, reúne una inmensa colección de animales disecados. Capitán del ejército británico en la India, es reclutado por Burton para participar en la búsqueda de las fuentes del Nilo. Solitario e introvertido, es un incansable andarín dotado de un sentido innato de la selva. Verdadero descubridor de las fuentes del Nilo, muere a los 37 años en un extraño accidente de caza, la víspera de un crucial debate sobre su descubrimiento.

El misterio del Nilo

Antes de Burton y Speke, varias expediciones intentaron remontar el «padre de los ríos» hasta sus fuentes, en vano.

① **En tiempo de los faraones,** los egipcios veneran el Nilo, fuente de toda vida, sin intentar encontrar su origen.

② **Hacia 60 d.J.C.,** una expedición romana enviada por Nerón remonta el Nilo hasta las ciénagas de Sudd, donde queda bloqueada.

③ **En el siglo II** el geógrafo Ptolomeo sugiere que el Nilo nace de dos lagos situados cerca de las «montañas de la Luna».

④ **En 1770,** el escocés James Bruce llega a las fuentes del Nilo Azul, el principal afluente del río.

⑤ **En 1840,** bajo los auspicios del virrey de Egipto Mehemet-Alí, una expedición llega a Gondokoro, pero queda bloqueada por la jungla.

¿Qué es un río?

Un río es una corriente de agua que se arroja al mar. Pero cuando se remonta un río y se llega a la confluencia de dos afluentes, ¿cuál de ambos es el río? ¿El más ancho? ¿El más largo?
El problema se planteó con el Nilo Blanco y el Nilo Azul.
Los geógrafos decidieron que el Nilo Blanco fuera el río; el Nilo Azul el afluente.

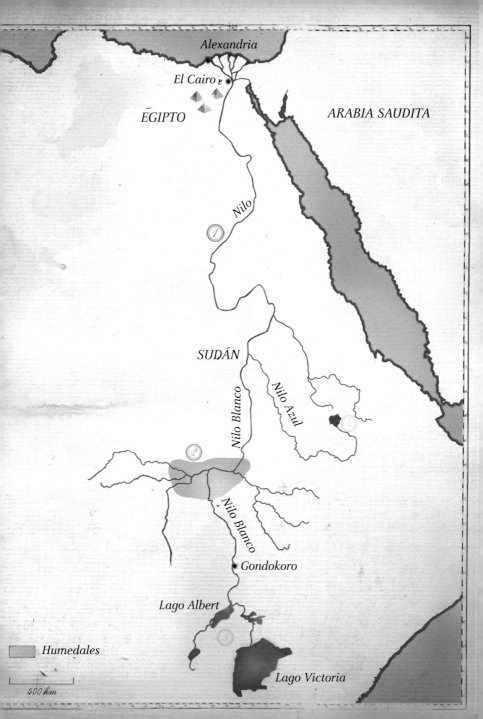

Alexandria

El Cairo

EGIPTO

ARABIA SAUDITA

Nilo

SUDÁN

Nilo Blanco

Nilo Azul

Nilo Blanco

Gondokoro

Lago Albert

Humedales

400 km

Lago Victoria

¿Dónde se sitúa la acción?

Puesto que las junglas y marismas impiden remontar el Nilo, Burton y Speke deciden rodear este problema por el sur. Se dirigen a la región de África que hoy es Tanzania. Objetivo: encontrar un gran lago del que brote un río hacia el norte, descenderlo luego y ver si se trata del Nilo.

.... *Burton y Speke (1857-1859)*

●●●●●●●●● *Speke solo (1858)*

.... *Speke y Grant (1860-1863)*

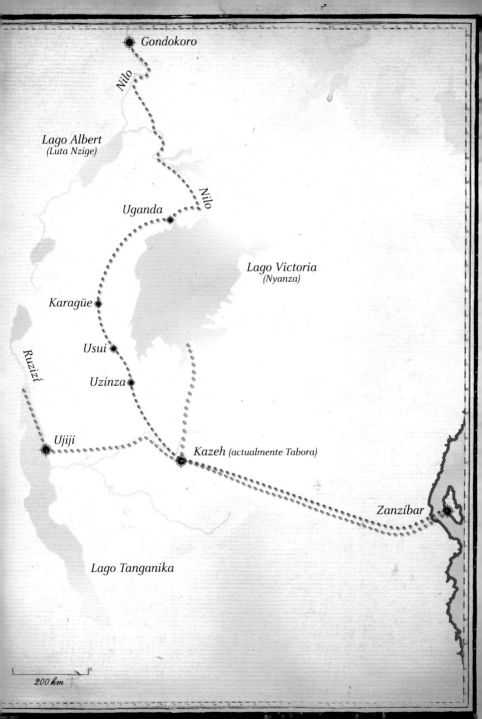

Gondokoro

Nilo

Lago Albert
(Luta Nzige)

Nilo

Uganda

Lago Victoria
(Nyanza)

Karagüe

Usui

Ruzizi

Uzinza

Ujiji

Kazeh (actualmente Tabora)

Zanzíbar

Lago Tanganika

200 km

África y los europeos

Hasta el siglo XIX, los europeos no intentan casi explorar el corazón de África. Permanecen en las costas, lo que les basta para llevar a cabo el comercio de esclavos y para avituallar los navíos que se dirigen a la India.

En el siglo XIX, los exploradores europeos –Burton, Speke, Livingstone, Stanley, Brazza...– se aventuran hacia el interior de África descubriendo su geografía, sus habitantes, su fauna... A fines de siglo, se trata cada vez más de tomar posesión del territorio en nombre del propio gobierno: es el comienzo de la colonización.

Con la colonización, los europeos se apoderan de África: franceses al oeste, británicos al este, belgas en el Congo... Objetivo: obtener materias primas (oro, café, caucho...) y revender allí sus propios productos. Pero, para los europeos de la época, se trata también de «civilizar» evangelizando, educando, aportando ciencia y medicina... África, liberada del colonialismo en el siglo XX, sigue aún profundamente marcada por él.

Livingstone leyendo la Biblia

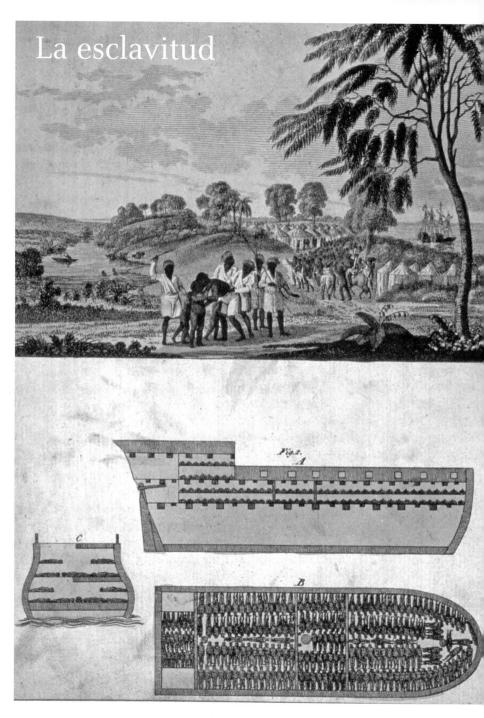

La esclavitud

Los africanos entre sí. En África, la tierra perteneció durante mucho tiempo a todo el mundo. Los hombres y las mujeres eran la única riqueza. Cuantos más esclavos tenía un hombre, más rico era. Éstos eran a menudo prisioneros de guerra. Cuando los árabes y los europeos desarrollaron la trata de negros, los jefes africanos se pusieron a su servicio para proporcionarles hombres.

La trata por los árabes. Desde el inicio del Islam, algunos caravaneros árabes fueron a buscar en África oriental esclavos para venderlos en el Oriente Medio o en África del Norte. En el siglo XIX, la isla de Zanzíbar, donde se instalaron sultanes de Omán, es el centro distribuidor de este tráfico.

La trata por los europeos. Para proporcionar mano de obra a las tierras conquistadas en América, los europeos desarrollaron la trata de esclavos desde la costa oeste de África. Entre los siglos XVI y XIX, más de 12 millones de negros fueron víctimas de este terrible comercio. Gran Bretaña abolió la esclavitud en 1808, Francia en 1848, los Estados Unidos en 1865.

Toda una expedición

Una expedición al corazón de África en el siglo XIX era el equivalente a un viaje espacial de hoy.

Stanley en postura de explorador

El viaje hasta África. Desde Europa, se llega en barco. Para su segunda expedición, Speke tardó más de tres meses en llegar a Zanzíbar, rodeando África por el sur.

El material. Comporta la moneda de cambio para pagar víveres y porteadores (cuentas de cristal, telas, alambre de latón), el material de acampada (tiendas, camastros, camas, sillas, mantas, utensilios de cocina, ropas, herramientas...), el material científico (cronómetros, brújulas, sextantes, barómetros...) y las armas (fusiles, revólveres, espadas, balas, pólvora...).

Las personas. Entre los exploradores, sus servidores, el guía, los intérpretes, los soldados, los esclavos de los soldados, los arrieros y una multitud de porteadores, las caravanas cuentan con varios centenares de personas.

Los desplazamientos. La parte esencial de los desplazamientos se efectúa a pie o a lomos de asnos, a razón de unos veinte kilómetros diarios. La exploración de los lagos y los ríos se hace a bordo de piraguas alquiladas a los autóctonos.

«¡El doctor Livingstone, supongo!»

Una polémica entre Burton y Speke fue origen de un sorprendente encuentro...

El anuncio del descubrimiento por Speke de las fuentes del Nilo (véase página anterior), tras su segundo viaje, hubiera debido poner fin a este enigma. Pero Burton, celoso de su antiguo compañero, siembra tanto la duda que la Sociedad Real de Geografía manda a David Livingstone a África para aclarar el misterio. Médico y misionero, éste está acostumbrado a viajar solo y sin caravana. Deja rápidamente de dar signos de vida. ¿Está vivo aún?...

En Nueva York, el director de un periódico se huele la gran noticia: envía a su reportero Henry Stanley en busca de Livingstone y publicará su relato. Tres años después del misionero, Stanley se dirige a Zanzíbar y sigue sus huellas en el corazón de África. El 10 de noviembre de 1871, el periodista llega a Ujiji, a orillas del lago Tanganika, y descubre a un hombre blanco agotado y enfermo. Stanley se quita el sombrero y suelta: «¡El doctor Livingstone, supongo!» (véase debajo). ¿Quién más podía ser? Por aquel entonces, no había otro hombre blanco en 1 000 kilómetros a la redonda...

Las fuentes del Nilo, hoy

Por lo general se considera que el Nilo nace en el lago Victoria. Pero varios ríos se vierten en ese lago. ¿Las fuentes del más largo de ellos no serán también las más alejadas fuentes del Nilo? En marzo de 2006, tras haber remontado íntegramente el río, el equipo del británico Neil MacGrigor anunció haberlas descubierto. Durante esa expedición, un amigo de los aventureros murió a manos de los rebeldes ugandeses.

A 2 428 metros de altitud, en plena selva ruandesa, un hilillo de agua brota de un agujero lodoso. Son las fuentes del Rukarara, afluente que se vierte en el Kagera que, a su vez, desemboca en el lago Victoria. En total, el Nilo mide 6 718 km.

Está en el trío de cabeza de los ríos más largos, con el Amazonas y el Misisipí-Misuri.